【擬古典落語創作論】

落語作家は食えるんですか

井上新五郎正隆［著］

彩流社

目次

はじめに

平成からの落語ブームはコロナ禍に潰された。

初めはコロナを軽視していた。クルーズ船内でどうのこうのという時点では、そのウイルスが日本国内で蔓延などしないと楽観していた。

その頃の私は、大好きな落語家さんがまさにクルーズ船上での仕事の最中だと知り、師匠は大丈夫なのだろうかと、そのことばかり心配していた。ちなみにその落語家さんは無事に帰国できたほっとした。

正直この段階では、対岸の火事のつもりでいた。

感染すると死に至る可能性のある疫病が、日本に上陸するわけがない。たとえ上陸したとしてもすぐに終息に向かうはず。長引いてもインフルエンザと同じで春には消えてしまうだろう。そのように考えていた。根拠などないのに。

そんな私が、コロナウイルスが想像以上に深刻なものと痛感したのは、上野・新宿・浅草・池袋・永谷・国立などの東京都内の寄席が長期休業に追い込まれた時である。

寄席は毎日休みなし。ある寄席などは核戦争が起きても休まないと言われていたものだ。その神話が崩壊した。これから落語はどうなるのだ。未来の見えない不安な日々が始まった。世界が今後どうなるのかわからない時に、落語の心配などしている場合か、そんな不要不急なものはどうでも良い、などと言われるかもしれないが、私は落語に一生を掛けているのだ。

寄席は休業、落語会は中止。落語にも落語家さんにも落語仲間にもまともに会えない。死神がずっとそばにいるような心持ちだ。このままではコロナになる以前に、コロナへの不安でロウソクの炎が消えてしまう。どうすれば良いのか。

落語について書こう。落語作家として活動して得たことを喋ろう。こんな時だからこそ落語の話をする。あえてだ。前のめりで述べる。生きてきた証を残すために。

不要不急なものにも価値があると胸を張りながら。

「隣の空き地に囲いが出来たってね」

「へェー」

日頃からこういうことを真剣に、ああでもない、こうでもないと考えて歩んできた。それはとても素晴らしいことだと信じ、私だからこそ言える、落語作りについてあれこれ記してみた。それも擬古典もののことを。自分が惚れた世界のことを。

第一章は、落語を作る際に気付いたこと・学んだことを書き連ねたもの。第二章は、落語作家の看板を掲げて以来こしらえてきた全二十六席のあらすじと解説。第三章は、その中からお気に入りの四席の速記に改めて手を入れたもの。これらを読めば二〇二二年の現時点での私の考え・想いがだいたいわかるのではないかと。

この本をきっかけに、新作落語をこしらえてみようと思い立つ人たちや、落語作家になりたいという人たちにぞろぞろ、ぞろぞろと出てきて貰いたいのだが、問題が一つある。

それは、落語作家は食えるのかどうか、だ。

第一章　おぼえがき二十篇

一　擬古典ものを古典派のために

「落語作家は食えるんですか」

私、井上新五郎正隆が、落語作家の看板を掲げて以来受けてきた質問の中で最も多いものがこれだ。自分のふところ具合をさらけ出すことに抵抗はあるが、この種の問い掛けがあまりにも多いので、初めのうちに一応答えておこうと思う。

食えない。落語作家ではまず食えない。

何しろ落語作家を専業としているのは、上方の小佐田定雄先生と奥さまのくまざわあかね先生の二人で、それ以外の落語作家は放送作家など、他の仕事と兼業されている人たちがほとんどだ。正直に言うと私もそうである。

一応は落語作家を肩書きにしているが、落語作家での稼ぎだけではとても暮らしていけない。この先も、ずっと専業にはなれないだろう。四十代も半ばになれば、自分の能力の限界くらいわかるものである。私には、一定の水準を超える根多を今以上に量産することは到底出来ない。

まともに食えないというのに、なぜ私は、新作落語を作り続けているのか。それは、落語が好きだから。落語作りは結構骨が折れるもので、好きでなければ書き続けられない。しかし、どんなに大変でも、やめるつもりなど全くない。惚れるというのはそういうことではないか。

落語をこしらえる。それはそんなに特別なことではないと私は思う。毎日のように落語を聴きに出掛けたり、落語や落語家さんに対する想い・考えなどをインターネット上に書いたり、仲間たちとなんだかんだと相談して、地域寄席を立ち上げたり、自分で落語を覚えて披露したりするのと同じこと。気付いたら落語に惚れ、むさぼるように高座に接しているうちに、自分でも落語をこしらえてみたいと考えるのは決しておかしなことではない。普段から何かしらの文章を書いている人であればなおさらのことだ。好きが高じて、である。

だが、どのように書けば良いのか、それがわからず、初めの一歩がなかなか踏み出せないままでいる人は結構多いはずだ。落語を書いてみたいが何から手を付けたら良いのだろうか、と。

積極的な人ならば、新作派の落語家さんが、文化教室の講座などで落語の作りかたを教えていたりするので、そこに参加してみることを強くお勧めする。

新作落語「孫、帰る」の作者の山崎雛子先生は、柳家喬太郎師匠の落語講座の出身だそうだ。やはり本職の人に手ほどきを受けるのが一番だろう。積極的な人ならば、だ。

だが、私と同じように、物事に対してあまり積極的に動けない人ならば、とりあえず、私の話をおしまいまで聞いてみるのも悪くないはずだ。

とはいえ、私は「これらを踏まえれば、誰でも落語が書けるようになる」などの、大嘘をのたまうつもりなどない。落語の書きかたのコツも教えられない。コツみたいなものがあるならば、むしろこちらが教えて欲しい。何しろ私は、まだまだ駆け出しなのだ。

駆け出しの身分で言えるのは、あくまでも「私はいつも落語をこんなやりかたで書いている」ということであり、また「私が落語をこしらえている時に、こういうことがあり、それが大変勉強になった」ことくらいである。

これから話すことが、いつかは落語をこしらえたいと考えている人たち、もしくは、もはや落語をこしらえている人たちの、何かしらの助けになれたら嬉しい限りだ。

それに加えて、落語をこしらえるつもりのない人たちに、私が話したことを通して、落語作家は一体どんなことを考えているのか、新作落語はどのように生まれるのか、などの裏話みたいなものを楽しんで貰えたらこれまた嬉しい。

それからもう一つは、落語作りの楽しさと喜びをここに書くことで、落語を作りたいと思う人たちが増え、そんな動きが落語界隈の活性化に繋がれば最高だ。

ここでちょっと想像して貰いたい。あなたの好きな落語家さんが、あなたが苦心して書き上げた台本を丁寧に読んでくれたとしたら。しかもその内容をとても評価してくれた上に、この根多をぜひともやらせて欲しい、などと頼んできたら。あなた原作の根多を、あなた好みの落語家さんが披露する会のチラシが刷り上がり、そこにはあなたの名前と演題が、落語家さんの写真と並べられていたら。インターネットで「このたび、〇〇さんの新作落語をやらせていただきます」と、落語家さんが宣伝告知し、それらの情報を、自分の知り合いだけではなしに、知らない人たちまでもが拡散してくれたら。披露の日まで、落語家さんが何べんもあなたの根多を読み込み、そこに工夫を加えて稽古を重ねていたら。そして会の当日。御来場のお客さまたちの前で、落語家さんは思う存分に根多下ろし。あなたが一生懸命作り上げた台詞・クスグリ・サゲが次々と披露され、とてもありがたいことにお客さまたちに喜んで貰えたら。その時に、あなたはどう思うか。

サゲを言い終え、お客さまからの万雷の拍手を浴びている落語家さんの姿を見つめ、うれし涙をこらえながら作者であるあなたはきっと思うはずだろう。落語作りはやめられない、と。

それでは、どういう落語を作れば良いのか。

自由。それは自由である。あなたが思うままに、あなた好みの落語を作れば良いのだ。あなたの落語の中身は、あなたが自分で考えなければならない。他人に言われたままに書いても意味などない。あなたの好きなようにすべきだろう。

とはいうものの、あなたの自由にやりなさい、などと突き放すのも何だか気が引けるので、私の場合はどうなのかここで少しばかり述べることにする。

話が逸れるようだが、二〇二二年現在、落語家さんの総数は、東西合わせて八百人を超えているらしい。入門志願者があまりに多いので、今や前座になるのもひと苦労だそうだ。それはコロナ禍でも変わらないという。八百人超え。この数字に対し、はたして古典落語の数は足りているのだろうか。私にはそうは思えない。大勢の落語家さんたちは季節ごとに人気の根多、流行りの根多の取り合いをしているように見える。暮れの「芝浜」の多いこと、多いこと。

一つの根多を、いろんな落語家さんで聴き比べをする楽しみかたもあるだろうが、そうだとしても古典落語の数は足りているようには到底思えない。

古典の総数は変動がほぼない。掘り起こされる根多、埋もれていく根多など、多少の増減はあるのかもしれない。だが「古典」というものの性格上、急激にその数が上下することはないだろう。これは恐ろしいことだ。もし私が、古典派の落語家ならば危機感を覚えることだろう。大勢の同業者たちに、おのれが埋もれてしまうのではないかという不安に襲われるであろう。

それでは、埋没を避けるにはどうすれば良いのか。それは、独自性を出すしかない。具体的には、世界観を壊さないようにして古典に手を入れる。他がやらない根多を手掛ける。埋もれたはなしの掘り起こしをするのも良いだろう。

そしてもう一つ。お客さまたちが新作だとは気付かないような根多、古典のような味わいのする根多、つまりは「古典落語のような新作落語」に挑戦、というのはどうだろうか。

これがいわゆる擬古典《ぎこてん》である。または、新古典や髷物《まげもの》とも。

昔からこの擬古典という言葉は存在していたが、今のように落語界隈に浸透させたのは、ひとえに立川吉笑さんの力だと言える。吉笑さんが、自作の古典調の新作落語を擬古典と呼んでそれを武器に売れっ子になり、また、その著書『現在落語論』の中で、自作の擬古典について紹介・分析してみせた、その一連の活躍の賜物だ。

落語における擬古典は「古典落語の世界観・了見から作られた、江戸から明治の頃を舞台にした新作落語」のこと。古典に擬するから擬古典である。古典に擬するとは何か。擬は「似せる・それらしく見せる」の意味。つまりは古典らしく見せたもの、ということ。

話を戻そう。古典派の落語家さんは「独自性」を出すため、擬古典の新作に挑戦してみてはどうか。現代を舞台にした新作ではなしに、古典に擬する新作ならば、古典落語ひとすじという落語家さんや、現代新作をなかなか認めないお客さまなどにも受け入れられるのではないか。私はそのように考え、擬古典作りに取り組んでいる。

それにしても、いまだに新作を毛嫌いする人がいるというのは正直驚きである。しかも、ほとんどが食わず嫌い。こういう人には「古典落語とは、現代まで残るほどの新作落語の傑作」という言葉を贈りたい。素晴らしい新作が長い時をかけて磨かれ、洗練された結果「これこそまさに落語の古典、古典落語だ」と言われるようになった、と、そんなふうにとらえて欲しいものだ。

つい忘れがちだが、落語中興の祖・三遊亭圓朝師匠も自作の新作落語で売り出した新作派なのである。芝浜・死神・牡丹燈籠・真景累ヶ淵。これらは全てが圓朝師匠による新作落語。圓朝作品は別格だと言われるかもしれないが、何と言おうと新作だ。○○作品は別格。これは言われてみたいものだが。

一文笛・江戸の夢・加賀の千代・かんしゃく・堪忍袋・さんま火事・宗論・除夜の雪・代書・試し酒・猫と金魚・貧乏神・まめだ・幽霊の辻

以上の根多は、古典落語の名作・傑作のように思われがちだが、そのどれもが、明治以降に作られた、作者の名前もきちんと伝えられている、まさに由緒正しき新作落語である。古典のようだがどれも新作だ。新作には興味がないと言い切るような人も、これらの根多は平気で受け入れているはず。つまりは、擬古典ならば大丈夫なのだ。いっそのこと、擬古典であることを隠し、新作落語を毛嫌いする人たちに、擬古典ものを聴かせて、うならせてみたい。新作だと気付かせない上質な擬古典ものを目指してみたい。

「やはり落語は古典だよねェ」

私の擬古典でそう言わせたいものだ。現代の新作落語の領域は新作派の落語家さんや、現代ものの得意な落語作家に任せ、私は、擬古典ものの新作をこしらえていきたいと考えている。
現代ものも作らないわけではないが、やはり取り組みたいのは擬古典もの。そこから生まれたのが次のような根多だ。あらすじを紹介してみよう。

「八五郎は、同じ長屋の六兵衛から『幽霊の真似をして金持ちから金を巻き上げている』裏の稼業をしていることを打ち明けられる。たまった店賃をチャラにして貰おうと、八五郎は六兵衛の真似をし、大家のうちに化けて出る」→立川寸志さん「正体見たり」

「大火事が縁で再会した、幼馴染の千吉と身重であるチヨ。医者になるはずの千吉は悪事に手を染め、死罪の裁きを受けて投獄されていたが、火事のために切り放ちとなっていた。高飛びをするという千吉を止めるチヨが突然産気づく」→林家たけ平師匠「赤猫」

「八五郎は、大家が隠していた葵の御紋入りの短刀を見付け、長屋の連中に『これは我が家に代々伝わる刀で、自分は将軍さまの御落胤《ごらくいん》』と、とっさに嘘をついてしまう。長屋の大騒ぎを聞き付けた奉行所から役人が現れる」→柳家小せん師匠「御落胤」

「易者から「食難《しょくなん》の相」があると言われた番頭は『おまえは食べられて食べられて仕方ない目

に遭う』という見立てをいっさい無視する。その時から、小僧・旦那・得意先の侍から、次々といろんな物を食べざるを得ない状況に追い込まれる」↓柳家一琴師匠「まんぷく番頭」

私は、このような擬古典を、本職の落語家さんに二〇二二年の三月までに二十二席口演して頂いた。落語を作りたいと考えるあなたにもお勧めする。擬古典ものの新作落語を。古典派の落語家さんのために、古典が取り上げていない題材・主題のもの、それも出来れば滑稽噺。時代小説にサゲだけ付けたようなものではなしに、あくまで落語の新作である。それらは落語の明日にも繋がることだ。大げさ過ぎるかもしれないが。

落語作りに興味のある人は挑戦して欲しい。古典落語が大好きならば、擬古典ものに。おのれの擬古典から、擬の字が取れ、古典落語になる日がいつか来るのだとそう信じて。人生に、それくらいの野望はあったほうが良い。難しいかもしれないがやりがいはある。

古典派の落語家さんは、擬古典を手掛ければ独自性が出せるようになる。お客さまは、古典派が新作にも挑戦している姿を楽しめるようになる。作家は、古典派にも自作を託せるようになる。

擬古典作りは、古典派の落語家さん・お客さま・落語作家、その誰もが良いことづくめ、かもしれない。

二　あてがきは敬意のあらわれ

創作のコツではないが、落語を作る時にはこうしたほうが良い、と言えることが一つある。

「落語はあてがきで作る」

これだ。
あてがきとは「落語の根多を、どの落語家さんが口演するために作るのかをあらかじめ決めてから、その落語家さんに合わせたものを作ること」である。要は「オーダーメイド」だ。その落語家さんに実際に口演して貰えるかどうか、というようなことはひとまず棚上げにして、自分が落語を作るとしたらこの落語家さんのために、というのをまずは考えてみて欲しい。落語作りで心がおどるのはこの時だ。
誰に頼まれたわけでもないのに落語を作ろうとするような人ならば、好きな落語家さんの一人や二人はいるだろう。その好きな人のために落語を作る。想像するだけでも緊張と興奮とが連れ添うように来るはずだ。どうせ手掛けて貰えないのだからあてがきなんて無意味、などと冷めた気持ちにならないで欲しい。無事に書き上げさえすれば可能性はゼロではない。人生とは不可思議で、完成した台本がどこで日の目を見るのかなんてわからないものだ。

さあ、憧れの人に落語を捧げよう。あの落語家さんが私の根多を手掛けてくれたら、みたいに考えるだけで身震いがするはずだ。あなたが惚れてやまない人のために、ぜひともあてがきで落語作りに挑戦して欲しい。恋文でも書いてみるつもりで。それは相手が故人でも構わない。立川談志師匠・古今亭志ん朝師匠にあてがきをしても良いわけだ。さすがに手掛けては貰えないが。

誰であてがきをするのか決めたら、その落語家さんの特徴・長所を踏まえて根多を考える。あの人のこれこれこういうところを活かしたい。こういう根多ならばあの人の良さがお客さまにもっと伝わるはずだ、と。

または、あなたが以前から温めていた落語の案をその人向けに書き直してみる、というのも良いだろう。この根多を、あの人に託すのであれば、こんなふうに変えると面白いのでは、あの人に似合うのではないだろうか、などと想いを巡らせて。

では、私の例を挙げてみよう。


「三朝師匠の落語に登場する『子供』がいきいきとしていて面白いので、子供を主人公にした落語を書き上げ、その素晴らしさを伝えたい」＋「仮病を題材にしてはどうか」→春風亭三朝師匠「風邪小僧」

「たけ平師匠の古典落語『つるつる』の、哀しみあふれる幇間持ちの一八を、自分の根多にも登場させて活躍させてみたい」＋「事故物件の擬古典ものをどうにか作れないものか」→林家たけ平師匠「わけあり長屋」

「一琴師匠が得意としている滑稽な仕草、顔の表情の豊かさを、お客さまにも楽しんで欲しい」＋「五代目柳家小さん師匠の一門の伝統である『大食い』を根多にしてみたい」→柳家一琴師匠「まんぷく番頭」

「談四楼師匠の落語に登場する武士の雰囲気や、たたずまいが好き」＋「北澤八幡の師匠の会の、打ち上げでのワイワイとした楽しい空間を、擬古典の中に取り入れてみよう」→立川談四楼師匠「五郎次郎」

他にも、あの落語家さんにこういう台詞を言って貰いたい、というものでも良い。とにかくおのれの心の中にある強い想いを、あてがきで精一杯ぶつけよう。ゼロから根多の構想を練るよりも、あてがきを手掛かりにするほうが案は浮かびやすいものである。創作の助けに、あてがきはなるはずだ。ただし、間違えないで欲しいのは、単に「構想の練りやすさ」だけで、あてがきを勧めているわけではないということ。あてがきには、しっかりとした理由がある。

私がここまであてがきを推奨するわけ。それは「あてがきは、落語家さんに敬意を払うことに繋がる」からだ。

あてがきとは「あなたの芸を想い、あなたのために書きました」というもの。事前に、その落語家さんの高座を聴き、何かを感じて作り上げるものである。その落語家さんの良いところを、どのように引き出すのか。意外な一面に、どのように光を当てるのか。そのことに苦心するのがあてがきだが、そこには「自分の根多を手掛けて貰えるなら落語家さんは誰でも構わない」というような失礼さがいっさいない。

そう。落語家さんは誰でも良い、というようなことを考えてはいないだろうか。考えているとしたらそれはただちに改めよう。落語家さんに対し、何の敬意も払わないような人には落語台本を手掛ける資格はない。当たり前の話だが、落語作家は、落語家さんなしでは存在し得ない。どんなに根多を書いても、落語家さんに口演して貰えなければ落語が誕生したことにはならない。落語作家を名乗るのであれば、落語家さんとの関係に気を遣うのは当たり前。向こうの商売の領域に踏み込むのだから、作家がそこを荒らすような真似をしてはいけない。仕事の邪魔をしては駄目。

「落語家さんに敬意を払う」

これは、落語作りのコツなどよりも大切なことだ。だからこそ、落語をこしらえる時には、落語の構想を練り始めるよりも前に、どの落語家さんのために書きたいのかについて考えるべきなのである。

前述しているが、あてがきをした落語家さんに、その根多を、実際に手掛けて貰えるのかどうかについては棚上げにして、その落語家さんの高座のこういうところが好き、というものを幾つも並べて欲しい。今までは楽しみながら聴いていた、その落語家さんの高座を、改めて聴き直して客観的に検討してみる。この人のこういうところが素敵なんです、面白いですよ、皆さんもそう思いませんか、思いますよね、などと言えるくらいに。それが、発想の糸口にもなるだろう。あてがきというのは、惚れたところ、長所を活かせる根多を考えることでもあるのだ。

私の場合の、具体的な話をしてみよう。立川こはるさんに、私があてがきをした擬古典「天晴《あっぱれ》かわら版」を例に挙げて、その根多の構想を広げてみた際の、思考の流れを書き出してみる。

こはるさんの、あの達者な口調を活かせる落語を作りたい。賑やかで明るい根多にしたい……主人公、登場人物たちはどうする……登場させるのは、あえて男性のみに……主人公はやはり陽気な人物が良い。

←

啖呵《たんか》や言い立てなど、主人公がべらべらと喋る場面を入れよう……江戸・明治の辺りで、喋る職業と言えば何……落語家、講談師では意外性がない……瓦版売りではどうだろうか。

←主人公の瓦版売りが、どういう瓦版を売れば面白いのだろうか……自分の活躍する瓦版を自慢げに、得意げに売るとか……瓦版売りが何かを成し遂げた記事では……仇討ちはどうか。

←瓦版売りが仇討ちを見事に成し遂げる、では人情噺だ。あくまで滑稽噺に……仇討ちに巻き込まれた、では……本気の仇討ちの手伝い……武士の仇討ちを瓦版売りが指図する、とか。


実際の頭の中はこのように整然としていないが、だいたいこのような具合である。

それから、あてがきには大まかに分けて二種類がある。一つは、○○さんにぴたりと合う、と考えたもの。もう一つは、○○さんにはこういうのも似合うのではないか、と考えたもの、である。

こはるさんの「天晴かわら版」は前者。また、雷門音助さんのために、私がこしらえた擬古典「長屋のお練《ね》り」という根多などは後者だ。ちなみに、この「長屋のお練り」とは「貧乏長屋へと引っ越してきた侍が、その長屋の連中と一緒に、男女の駆け落ちを手伝うことになる」というはなし。古典派の音助さんに、擬古典ものを手掛けて貰おうという会のために依頼されてこしらえた根多である。

その誕生までには葛藤があった。音助さんはとことん古典派の落語家さん。ならば「寄席の、トリ以外の出番に掛ける短めであっさりとした根多」を書こう。原稿依頼が来てすぐにそう決めた。

が、一つ気がかりなことがあった。披露するものが短めであっさりとした根多では、お客さまにあまり満足して貰えないかも、ということ。お客さまには、起伏に富み、お客さまを引き付ける展開、起承転結がはっきりしている、少し長めの根多。このほうが喜ばれるのでは、と。

私の、あくまで個人的な好みで言えば、最初から最後まで馬鹿馬鹿しい、何一つ教訓など得られない、そんなあっさりとした根多に、私は魅かれる。徹頭徹尾くだらない、聴いているだけで堕落してしまいそうな、そういう根多に魅かれる。

だが、企画性の強い落語会で、その中心となる企画の根多の本篇が、十分弱ほどで終わるようではまずい。自分が主催する会ならば我を通すのも良いが、この時の席亭は私ではない。下手をすると迷惑が掛かる。口演する音助さんにお客さまから苦情が来るようでは困るのだ。

私の出した結論は「作家の書きたいことを優先すべきではない」というもの。お客さまを楽しませてこその落語会だ。自分の勉強会ならばともかく。

よし。それなりの長さで、起伏に富んだ展開の、起承転結のはっきりとした擬古典で行こう。それで生まれたのが「長屋のお練り」だ。

とはいうものの、この根多は、決して妥協の産物などではない。信念を曲げ、書きたくないことを嫌々書いたわけでもない。むしろ楽しんで一気に書き上げた。最初の「短めで、あっさりとした根多にする」という案こそ取り止めにしたが、この根多で、私なりに冒険をしたつもりだ。音助さんにはこういうのも面白いのではないだろうかと考えて。

この根多の見せ場に「長屋の連中で、願人坊主の真似事をする」くだりがある。

「念仏とかお題目をとなえるんです。他人様の代わりに信心するのが、元々のお仕事ですから……それじゃあたしから行きますよ……ナムアミダブ、ナムアミダブ……さあこんな調子でどうぞ」

「ようし。うちは法華だから……ナムミョウホウレンゲキョウ、ナムミョウホウレンゲキョウ」

「次は俺が……ギャアテエ、ギャアテエ、ハラギャアテエ。ギャアテエ、ギャアテエ、ハラギャアテエ」

「般若心経ですかァ……さてお次は」

「行くよォ……モォロビトォコゾォリィテェ、ムカァエマァツゥレェ」

「それは捕まると思う」

端正な芸風の音助さんに賛美歌を歌わせるのはどうなのか。音助さんのお客さまも、普段の高座と違い過ぎる新作落語では戸惑うのではないか。

私の、そんな迷いが綺麗に消えたのは、赤坂見附での落語会のトリで、音助さんが「春雨宿」を掛けた高座に出会えたからである。どこまでものびのびと、いきいきと、個性の強い登場人物であるケメコさんの大活躍を、嬉しそうに聴かせる音助さん。その高座を楽しんで受け止めているお客さまたち。全てが笑いに包まれているのを観た時に「多少の冒険は許して貰えるはずだ」と、私は心から感じた。賛美歌も受け入れてくれるのではないか。そもそもだ。落語に賛美歌を登場させるのは大して目新しい演出ではない。御存知「宗論」という先人がいるではないか。

そして会の当日。音助さんの「長屋のお練り」にお客さまは沸き、賛美歌のくだりもどうやら喜んで貰えたようだ。やはり多少なりとも冒険して良かったと心の底から思った。新作落語に冒険は必要だろう。お客さまたちの気持ちを逸らしてしまうのを極度に恐れるあまり、無難で、ありきたりな根多へと陥るようでは何のために新作に挑戦するのかわからない。擬古典だろうと冒険・挑戦は大切なことなのだ。既存の古典にないところを武器に戦わなければ新作の意味がない。

「あてがきをして、その落語家さんにぴたりと合う根多を作り、それでいて、その人が古典では見せない部分にも光を当て、お客さまに楽しんで貰える、そういう根多をこしらえる」

これが理想だろう。冒険というのが大仰ならば「作る根多には、少しでも隠し味を入れる」とでも言おうか。または「根多の中に遊び心を忘れないように」だ。もちろん、独りよがりなものでは駄目なのだろうが。

いずれにしても、落語家さんへの敬意を忘れてはいけない。それが、たとえ前座さんや見習いの人であろうと。落語作家を名乗るのであれば、最低限そこは守るべきところではないか。それが守れない、守る気がしない輩には、落語作家の看板など掲げるなと言いたい。
勘違いをしてはいけない。落語作家は落語家さんなしでは絶対に存在し得ないのだから。

三　初稿はつまらないのが当たり前

根多の発想を広げる際に大切なのは何か。それは、思い付いたばかりの案を、すぐに「こんなのつまらないよなァ」みたいに決め付けないこと。一度でも「これ面白いかも」と思い付いた案は、全て根多の中に盛り込んでみよう、というくらい、前向きな姿勢でいないと発想は広がらない。後ろ向きでは、落語を作りたいという想いなどいとも簡単に消えてしまう。構想を練る時には「冷静さ」は不要なのだ。

その根多が「面白い・つまらない」という判断は、後から幾らでも出来る。だからこそ発想を広げている段階では、浮かんだ案の質よりも量のほうを重視すべきだと私は思う。思い付きは大事にしよう。創作意欲は折れやすいものだから。

「自分を天才だと思い込む」

これくらいのほうが良いのかもしれない。筆が止まるたびに「やはり私には才能などない」みたいに落ち込んで、途中で原稿を投げ出してしまうような人よりも、根拠のない自信の持ち主のほうが、創作では成功しやすいように思えてならない。極端な話だが。

落語を作る時には、まずは自分自身がその根多を面白がり、評価してやることが大切である。自分好みの根多を作ろう。

では、どのようにして根多をふくらませるのか。具体的に幾つか挙げてみる。

まずは連想方式。例えば「武士」を主題にした根多を作るとする。その場合は、武士という言葉から連想するものを思い付くままに書き出してみる。

刀・斬り捨て御免・偉そう・用心棒・堅苦しい・お家騒動・浪人・仇討ち・二刀流・誇り高い・剣豪・跡目争い・道場破り・切腹・殿さま・城・武者修行

このように思い付いた言葉の中で、根多になりそうなものを幾つか選び、それから連想する事柄を、また同じようにして思い付くままに書き出してみる。この作業を繰り返しているうちに、これは根多になるぞと見えてくるものがあるはずだ。

次は三題噺。繋がりの薄い言葉を三つほど無作為に用意する。具体的には、手元にある本をパラパラめくり、そこにたまたま出ていた言葉を抜き出したり、自分が今いる場所で何とはなしに目についた言葉を選び出してみる。

例えば「大漁・迷宮入り・うたたね」とする。この脈絡の無い三つから一席ひねり出すのだ。

「釣りに出掛けてみたが何にも釣れない。退屈でついうたたねをしてしまう。目覚めると魚籠《びく》の中はいつのまにか釣った覚えのない魚でいっぱいに。大漁だと喜んで良いのか悪いのか。誰かのいたずらかと思ったがその犯人はわからずじまいで迷宮入り」

こんなはなしを思い付いた。何も三題噺をきちんとやる必要はないので、これを元にして根多のカタチに整えるとこうなる。

「釣りに出掛けて大漁。うちに戻って晩飯にその魚を焼いてさあ食べようという時、野良猫たちに全部取られてしまう。翌日も釣りに出掛けて大漁。食べようとするとやはり野良猫たちにみんな取られてしまい、酒まで持っていかれる。男も意地になって次の日も待ち構えていると野良猫たちが礼を言う。子供が生まれてその祝いの為に魚と酒を持っていったんです。それで今日はお願いがあるんですが、あなたに付けて欲しいんです。おかしらも付けたし、酒も一本付けた。今度は何を付けるんだ。この子たちに名前付けて下さい」

この筋を、立川だん子さん宛に改めて書き直したのが「おかしら付き」という根多だ。

また、三題噺と似たもので「緊張と緩和」式で根多を考える方法がある。どういうものかと言うと、桂枝雀師匠が一度書き上げ、それを小佐田定雄先生が改作した根多で「茶漬えんま」というものがある。この演題は、思わず緊張してしまう存在の閻魔さまと、緊張どころか脱力する存在のお茶漬け。この二つの組み合わせの妙味を狙って付けられたものだが、この発想を落語作りに活かしてみる。すなわち、緊張の題材と緩和の題材を合わせて根多の構想を練るという方法である。

幾つか挙げてみようか。上の単語が緊張で、下の単語が緩和だ。

「切腹」＋「昼寝」
「流行り病」＋「雨上がり」
「すすり泣き」＋「正月三が日」
「借金」＋「初孫」
「辻斬り」＋「開店祝い」

この組み合わせから一席ひねり出すわけである。他にも、演題を先に決めてしまい、そこから連想して内容を考えるという方法もある。とにかくどんなやりかたでも構わない。根多がどうにか思い付き、ふくらませられるのであれば。

それから、思い付いた根多をどのように書き進めるのか、についても考えてみたい。本当ならば、思い付いた落語の案を、最初から落語のカタチ、すなわち会話の形式で書き出せれば良いが、慣れないうちは難しいかもしれない。

そこで、初めての人にお勧めするのが、まずはあらすじを書いてから、後でそれを会話のものに書き換える方式だ。手間はかかるが、初めのうちはこういう段階を踏んだほうが良い。

それでは、立川寸志さん宛の擬古典「正体見たり」を例にして説明しよう。

八五郎が店賃をごまかす。
↓
八五郎が幽霊のフリで店賃をごまかす。
↓
八五郎が幽霊のフリで店賃をごまかす方法を、六兵衛から教わる。
↓
同じ長屋の六兵衛から、幽霊のフリで店賃をごまかす方法を教わる八五郎。六兵衛の真似して自分も店賃をごまかす。
↓
同じ長屋の六兵衛から、幽霊のフリで因業な質屋から金を巻き上げているという秘密と、その方法とを具体的に教わる八五郎が、六兵衛の真似して自分も店賃をごまかす。

↓
同じ長屋の六兵衛から、幽霊のフリで因業な質屋から金を巻き上げるのを裏の稼業にしている秘密と、その方法とを具体的に教わる八五郎が、六兵衛の真似して自分も店賃をごまかす。

最初は一行しかないあらすじを、このようにしてどんどんとふくらませる。これ以上の加筆は無理だ、もう限界と感じてからが腕の見せどころ。

さて、あてがきをして、この落語家さんでこんな根多を書きたいという「落語の種」のようなものを無事見付けられたら、また、いろんなやりかたで根多をひねり出せたら、その次はどうするのか。私の場合、根多の構成を書き出して整理することにしている。

第一章・六兵衛のうちに八五郎たちが押し掛ける
第二章・八五郎と六兵衛には裏の稼業がある
第三章・大家に店賃を催促されて困り果てる八五郎
第四章・八五郎が幽霊に扮して大家のところに
第五章・六兵衛も大家のうちに化けて出る

こうして書き出しておけば軸がぶれない。そしてこの構成に沿うように執筆するのだが、律儀に

第一章から順に、第二章、第三章と筆を進める必要などない。第五章から書き出しても良いだろうし、第四章の次は第二章に手を付けても良い。書ける箇所からやるほうがはかどる。

いや「書ける箇所から」よりも、自分が「絶対に書きたい箇所から」やろう。登場人物にこの台詞をぜひとも言わせたい。こういうクスグリを何としても入れたい。そんな「おのれがお客さまにぶつけたい箇所」から書き進めていこう。それとは逆に、サゲが思い付かないままで書き出してみても良い。書き進めながら考える。とにかく思い付かない箇所は未来の自分へと丸投げに。書きづらい箇所は後回しで良い。結構何とかなるものだ。たぶん。

「書きたい箇所から書いたほうがはかどる」

これは真理だと思う。

閑話休題。なんだかんだで長めのあらすじが出来たら、その次はあらすじを落語の形式に換えてみる。ここからが落語作りの本番であり山場。落語作家に求められている能力、すなわち「ゼロからイチを作り出す」こと。それを発揮するところがここである。具体的に例を挙げよう。

八五郎が長屋の連中を連れ、これまた同じ長屋に住む六兵衛を見舞う。六兵衛は病気で寝込んでいたがどうにか快復したばかり。

←

「六さん。六さァん」

「あァその声は八五郎さん」

「入るよォ……よォよォ六さん。どうだい具合のほうは。見舞いに来たんだが……さァさァみんなァこっちィ来いよォこっちィ」

「あァ長屋の皆さんお揃いで。わざわざあたしのためにありがとうございます。いやァ長いこと患ってましたが、おかげさまで熱も下がりましてね」

六兵衛の快復を知った八五郎が異常なほど喜ぶ。八五郎は長屋の連中と、六兵衛の病気が治るか治らないかで賭けをしていたのだ。治るほうに賭けた八五郎の勝ち。

←

「それじゃあ六さん治ったんだね」

「はい。治りました」

「治ったねッ。よしよしよしよし……ってことで俺の勝ちだァ。ざまァ見ろい。さあみんな黙って俺に五十文っつ出しなァ五十文」

長屋の連中は六兵衛が死ぬほうに、八五郎は六兵衛が助かるほうに賭けていたが、賭けた理由はそのほうが儲かるからと言うようなひどいもの。

↓

「みんなして、六さんはもう駄目、死んじゃう、くたばっちまうってほうに賭けやがってさ。六さんが治るってほうに賭けたのは俺だけ。みんな失礼しちゃうよなァ。六さんのこと何だと思ってやがんだよォ」

「それは八五郎さんも一緒なんじゃ」

「とにかく俺ェ逆張りで総取りってやつだよ。ふはははは……いやァ万が一に賭けて良かった」

「八五郎さんが一番ひどいね」


八五郎ならこんな時こう言うだろうな。八五郎にこう言われたら相手はこう返すだろうな。全てはこれの積み重ねだ。この、あらすじを落語の形式に切り換えるのも、書きやすい箇所から書き出していこう。これまた順番通りにやる必要などはない。自分が「ここを書きたい」と思う箇所から始めたほうがはかどる。面倒な箇所は後回し。そうしないと筆がぴたりと止まる恐れがある。

もし、それでも、どこから手を付けたら良いのか悩むようであれば、いっそのこと、初稿の書き出しはいつも同じやり取りにする、というのも良いかもしれない。ありがちな漫才の冒頭、そういう導入に。筆に勢いを付けるために、その型にはめてみる。

例えば古典落語の「子ほめ」だが。

「どうしたの」

「いや実はね。タダ酒が飲みたいんだ」

「それなら相手のことを褒めれば良い。あなたは若く見えますね、って」


これと同じように、古典落語の「寿限無」ならば次のようになるだろう。


「どうしたの」

「いや実はね。子供が生まれたんだけど、長生きするような縁起の良い名前を付けたいんだ」

「それなら良いのがある。寿限無ってのはどう」


どうしたの、いや実はね、という導入を、思い付いた根多に当てはめる。これが意外と書き出しやすい。この方法で書き出せたらその勢いのまま進めよう。後でこの導入部分は直せば良い。

そう。落語を書き上げられない人は、初稿から完成度の高い根多を作らなければならない、などと考えているのではないだろうか。初めからうまく書けるわけがない。

大切なのはとにかく筆を止めないこと。自分をなだめすかしてしぶとく粘りながら書き進めていこう。初稿はつまらなくて当然だ、と言い聞かせて。

私の部屋には一枚のメモ用紙が貼られている。

「自分でツマラナイと感じても、とりあえず最後まで書く。面白くするのはその後でいい」

四　クスグリの域を超えよう

クスグリというのは、落語における笑わせるくだりのことを指す。

「俺なんか須田町小町のためにこの身体に彫り物入れたよ……ここにほら『須田町』って」

根多を生かすも殺すもクスグリ次第だ。おかしなクスグリを入れたせいで、その根多の世界が壊れてしまうものもあれば、クスグリのおかげで根多がぐんと引き立つようなものもある。センスの良いクスグリを入れることで、根多の中からダレ場のようなところが消え、お客さまがサゲまで飽きずに聴けるようになる。そのように考えるとクスグリは根多の生命線とも言えるだろう。

では、どんなクスグリを作れば良いのか。それには正解がない。結局はセンスの問題になるのだから困りものだ。クスグリ作りに不慣れな人は、その稽古として、いわゆる「おうむ返し」の構成の根多を、まずはこしらえてみると良い。後々のためになる。

この「おうむ返し」とは一体何か。古典「時そば」のものを見てみよう。そばの勘定をごまかした人を見て、俺もやろうと真似してみたら、逆に勘定を余計に取られてしまう、というのが「時そば」の筋だが、要は「成功者の猿真似をして失敗する」ということである。前半の成功を踏まえ、後半でどのようにして失敗するのか。それを考えることで、クスグリ作りが多少はつかめるようになるはずだ。

まずは、成功者のくだりだが。

「えらいッ。感心に割り箸を使ってるよ。これが一番良いよ。綺麗ごとでさ……割ってある箸は誰が使った箸だかわからなくって心持ちが悪くていけねえ」

これの真似をして次のように失敗する。

「おっ。感心におめえんとこ割り箸を使って……綺麗ごとで一番良いねこれが。割ってある箸は誰が使った箸だかわからねえ。心持ちがわる……これもう割ってあるなァ」

これが「おうむ返し」である。

クスグリ作りの稽古のため、いっそのこと「時そば」の後半を、自分なりに新たにこしらえてみると良い。景気・店名・器・麺・具・つゆ、などなど、クスグリ全部をあえてゼロから作り直してみる。それをおしまいまでやり遂げられたら相当勉強になるはずだ。

それではここで、私の根多のクスグリを挙げてみる。先ほど引用した、林家たけ平師匠宛にこしらえた擬古典「須田町こまち」という根多のクスグリ。

あらすじはと言うと、神田須田町で「小町」と呼ばれている、それくらい美人の女が、自分らの町内に越してくると聞き、若い衆は小町に気に入られたい一心で、引っ越しを手伝おうと集まるが、世の中うまくはいかない。


「ここにいる連中みんな小町目当てなんだ」

「悪いかよ……みんなで朝湯ゥ入って、髪結床で頭もひげもやって貰って、このナリも洗い立て。これすなわち小町に気に入られてえ一心だ。なァみんな」

「そうだとも」

「ふうん。じゃあこの引っ越しで小町に気に入られたとしましょう。その後はどうするんで」

「その後って」

「だからどうやって口説くんです」


推敲の際、ここの「そうだとも」から「ふうん。じゃあ」の間にクスグリを幾つか入れた。どんなことをして、越してくる小町に気に入られようと若い衆が考えているのか。それぞれの案を披露するくだりだ。自分ならこんなクスグリを入れる、と考えて欲しい。


「そうだとも。俺は、小町に失礼のねえように親父の形見の黒紋付で来たから」

「おめえは引っ越し手伝う気ねえだろ」

「俺の羽織のほうがすげえよ。とにかく裏地がすげえんだから。ほら。恵比寿さまがフグに当たって、どうにか毒抜きしようと地べたに穴ァ掘って、首だけ出して埋められてるってえ、そのさまァ描いた、由緒正しいこの裏地ィ……狩野派だよ」

「とんだ狩野派だな」

「俺なんかねェ。小町のためにこの身体に彫り物入れたんだから。ほらほらほら。腕のここんとこにあるのがわかるだろォ。ここにほら「須田町」って」

「良かったなおめえ。これからは自分に切手貼ったら須田町に届けて貰えるぜ」

「俺は大工だからな。祝儀代わりにこのうちに二階をこしらえてやる。そいつが出来たら次は三階をこしらえて、そいつが出来たら四階をこしらえて、そいつが出来たら五階をこしらえて、そいつが出来たら」

「おめえ一体どこまで行くつもりなんだ」

「天守閣こしらえるところまで」

「小町えらいね。大名になる……ふうん。じゃあこの引っ越しで（以下略）」

クスグリの発想方法には、こうすればすぐに思い付ける、という特効薬などない。時間が掛かる方法だが、普段からクスグリ作りのための稽古をすることだ。前述の「自分ならこうする」というもの。これにいつでも取り組んでみよう。四六時中「大喜利」をするわけだ。地道だが、小さな努力を積み重ねるしかない。古典でも新作でも、落語を聴いたり、速記本を読んだりした時に、自分ならこんなクスグリを入れる、自分ならこんな展開にする、と、いつでも「自分ならこうする」稽古をする。常日頃から「自分ならこうする」だとか「お。これは根多になるぞ」みたいな意識は必要である。八代目桂文楽師匠が言う「痛いと思ったらそれが芸だよ」だ。毎日の出来事、あらゆる体験はどれも落語作りの糧になる。落語が森羅万象を根多にしているのだから、森羅万象から落語作りの種が拾えるのだ。それに気付けば周りは根多だらけ。問題は「何を拾うか」だ。

それではもう一つ。私の根多の、柳家一琴師匠にあてた「うぶだし屋」を例に挙げ、そこにどんなクスグリを入れたのか、ここで幾つか紹介してみようと思う。

では、そのあらすじ。田舎に死蔵されている掛け軸・短冊などの骨董品を探しに来た道具屋。掘り出し物を見付けようとするが、世の中やはりうまくいかない。道具屋とその家の主人とが、家のガラクタをあさりながらの会話を見て欲しい。敬語で話しているほうが道具屋だ。

「もしかして小野道風《おののとうふう》の掛け軸かい」

「これェ、小野は小野でも道風じゃないんです」

「じゃあ一体誰なんだ」

「小野妹子です」

「妹子。小野妹子って遣隋使の……でも、小野妹子の掛け軸だって、それはそれで珍しい物なんじゃないのかい……偽物なのか……だけど、小野妹子って書いてあるのは確かなんだろ」

「書いてはあるんですけどね。ここんとこにはっきり小野妹子って……ローマ字で」

「そう来たか」


これは小野道風に関するクスグリだが、先ほどと同じように「自分ならこうする」稽古をしてみよう。例えば、掛け軸にくだらないことが書かれていた、というクスグリ。古典「火焔太鼓」にもあるクスグリだが一つくらいは考えてみようか。小野道風のはずなのに、掛け軸には。

「非常口」

古今亭志ん生師匠の「今川焼」にはかなわない。気を取り直して次は、芭蕉の短冊。

「この短冊は……松尾芭蕉だ」

「ローマ字では書いてないだろうね」

「今度は大丈夫です……五七五。俳句だ……読みますよォ……バタピアやオンデオンデに群がる子」

「何だいそれ」

「バタピアは今のインドネシアです。オンデオンデはそこの餅菓子……つまり、バタピアの町で、餅菓子に群がる子供らを見た松尾芭蕉が、その姿を俳句にして奥の細道に記したようで」

「どこの細道だよ」

「奥の細道の南方篇ですね……この紙によると、奥の細道には色々と種類があったそうで、蝦夷地篇、琉球篇、四国巡礼篇、望郷篇、純情篇、奮闘篇、続・奥の細道、新・奥の細道、さよなら奥の細道、帰ってきた奥の細道」

「(短冊を二つに折り曲げる)えい」

「あっ」

　さて、ここからは、数あるクスグリの種類の中でも取り扱いに気を付けなければならないものを挙げてみる。例えば、擬古典に現代の事柄を入れる場合は相当注意しないといけないが「短冊、何て書いてあるんです」「ええと、カレギュウ六百八十円」「松尾じゃなくて松屋だよそれ」と、この種のクスグリを良しとするのか。

楽屋落ちについても考えて貰いたい。例えば「これェ松尾芭蕉の短冊ですよ」「へえ、バショウってことは金原亭」「噺家じゃありませんよ」こういうのを良しとするのか。どこまでを良しとするのかは、それぞれに考えがあるだろうから否定はしないが、私の基準では、擬古典ものには「楽屋落ち」も「現代語を入れ込む」ことも極力避けている。お客として聴く分には構わないが自分ではまず書かない。

落語家さんが、その場の雰囲気・状況で、アドリブのように「楽屋落ち」や「現代語」を入れ込むのは全然構わないが、落語作家がそれらを入れてしまうのは違うのではないだろうか。雑なシモネタを入れるのも嫌だ。

前述の通り、根多の世界を壊してしまうクスグリなど入れないほうが良い。現代の事柄を入れる際には本当に慎重に。古典落語のクスグリを参考に、だ。

ボケとツッコミ、という言葉を、落語について語る中で使いたくはないが、クスグリをこしらえる際に、ボケた時の言葉や、そのボケにツッコミを入れた時の言葉使いなどにも注意しなければならない。

私の根多に、このようなくだりがある。

「あのねェ。今までにどれだけあたしがあんたに尽くしたか。それなのにあんたから、ありがとう、すまないのひと言もない……男っていつもそう」
「遠い目をするんじゃねえ」

男っていつもそう、というところがボケで、遠い目をするんじゃねえ、というところがツッコミだというのは言うまでもないわけだが、これは、現代感覚でのボケとツッコミである。この会話は江戸らしくないのだ。江戸感覚でのボケとツッコミとは言えない。まさに感覚的なものなので説明しづらいのだが、そのやり取りにきちんと「江戸の風」が吹いているのかどうか、だ。江戸らしさを意識しながら会話を描写する必要が、擬古典ものにはあると思う。その塩梅は自由だが。クスグリを現代に寄せ過ぎると江戸の風は止み、逆に江戸に寄せ過ぎると、現代人であるお客さまから共感が得られない。お客さまたちからの笑いも薄い。さじ加減が実に難しいのだ。

「ありがとう、すまないのひと言もない」
「遠い目をするんじゃねえ」

男っていつもそう、だけを抜くとこうなる。一応クスグリにはなるが、ツッコミからボケに転じた「遠い目をするんじゃねえ」が少々浮いてしまう。

「ありがとう、すまないのひと言もない……うう」
「音羽屋ァーッ」
「何ィ」
「良い芝居するなァと思って」
「芝居じゃないよ」

こうすれば江戸寄りになるが、最初の「男っていつもそう」のほうがどうしても笑いは多い。もっとも、現代的なクスグリと、江戸を意識したクスグリのどちらが上で、どちらが下だということはないのだが。どちらにも長所と短所がある。あてがきをしている落語家さんの芸風も、現代重視にするか江戸重視にするかの参考になるだろう。とにかくクスグリにも江戸らしいもの、そうではないものがあるということは常に意識しておいたほうが良い。

また、良く出来たクスグリは、クスグリの域を超えて「フレーズ」として愛されるものに進化する場合もある。

「ライスカレーはサジで食う」→「かぼちゃ屋」

「猫がいたりいなかったり」→「よかちょろ」
「うどん食って寝ちゃう」→「宿屋の富」

落語は繰り返して聴かせるもの。クスグリ作りでは、ギャグのようなものを作るのではなしに、フレーズ作りを目指すべきなのかもしれない。繰り返し聴いても飽きないフレーズを、聴いているだけで嬉しい気持ちになれるものを。

落語とはただ笑えれば良いというものではない。何べん聴いても味わえる。それが落語だ。

五　推敲はとことん徹底的に

あらすじを落語の形式に全て書き換えられたら、次はそこに大幅に加筆修正を行なう。推敲、である。

書き上げたばかりのものを読み返せばわかるが、初稿にはクスグリが乏しくて笑いが少ない上、言葉足らずの箇所が幾つもあるはずだ。これらを面白いものに変えてやる。クスグリを増やしてダレ場をなくし、説明が不足しているところを補う。つまりは、根多の骨格だけしかない初稿に、笑いという肉付けを行なうわけだ。ここでは、とにかく思い付く限りのクスグリを根多の中へと盛り込んでみよう。

加筆が済んだら、次は、根多の刈り込み。玉石混淆のクスグリを取捨選択する。また、説明的過ぎる台詞や、冗長になり過ぎた表現もここで綺麗にそぎ落としてしまおう。例えば、根多の基本設定を、落語家さんにマクラで詳細に説明させるのはあまり褒められた手法ではないのでこの時に修正する。これから演るのはこれこれこういう根多で、みたいに言わせるのはどうかと思うからだ。もっとも、私はマクラを書かない主義だが(これについては後述する)。

落語家さんが、マクラで事細かに根多の説明をするというのは「この根多、本篇だけだとお客さまたちが理解しづらいだろうな」などと落語家さんに判断されたということだ。恥じねばならない。落語はお客さまの想像力に頼る芸なのに、わかりづらい根多をこしらえてしまった、と。

説明台詞を多用するのも野暮である。私が初めて開催した落語会のための、桂夏丸師匠宛の現代ものの新作「みちばた詩人」を書いた段階では、私は説明台詞をさほど気にしていなかった。

この根多の主人公は冒頭で次のように喋る。

「いいかい。この、今にも崩れそうな築四十年のアパートの、二階の片隅に、キミとキミのお母さんと私と三人で暮らし始めてもう半年」

これはひどい。夏丸師匠にも迷惑をかけてしまったと思う。猛省である。アパートの古さを台詞で表現するのであれば。

「健一くん。壁薄いんだからそんな大きな声出しちゃ駄目だよ」

これくらいで良いのではないか。台詞で、根多の設定などを「箇条書きのように」説明するのではなしに、お客さまに想像させるような台詞を書くべきではないだろうか。

とはいうものの、古典落語で、例えば、美人の女性を表現する場合は、登場人物たちの台詞で「あの花魁は、いーい女なんだよ」というように表され、具体的な描写はあまりしない。髪がどうのこうの、目元がどうのこうの、鼻筋がどうのこうの、とはあまり言わないものだ。

どうしてなのかと言うと「あの子は、髪が長いとこが良いね」などと具体的なことを言い過ぎると、お客さまたちの想像の邪魔になるからである。髪の長い女性を美人だと思う人もいれば、短いほうが好きだという人もいるためだ。この考えから言うと、古いアパートを描写する場合においても「うちのアパート古いんだよねェ」と、軽めに済ませても良いのかもしれない。どちらを選ぶかは書き手次第なのだが。

「今にも崩れそうな築四十年のアパートの、二階の片隅に」

これがなぜいけないのか。それは、書き言葉のような台詞だからだろう。あえての場合を除き、会話は話し言葉で書かなければいけないのではないか。設定を説明するような台詞が書き言葉では説明臭さが全面に出てしまうので特に。生きた会話を心掛けなければ駄目だ。

話を戻そう。推敲の際はテンポの良さを求め、とんとん根多が進むように気を付け、そしてまた、クスグリのせいで根多が本筋から脱線していないかどうかも確認しておきたい。筆が乗り、根多の世界に入り込むと、登場人物たちが勝手に喋り出すことがある。根多が面白いほうに広がるのは良いことだが、根多の本筋からあまりに逸れ過ぎてしまうことは極力避けたいところ。その脱線がたとえ笑いを取れるものでも、時にはバッサリと捨てる勇気もまた必要である。

これと同じように、たとえそれが面白いクスグリだとしても、それがあてがきをしている落語家さんには合わないものだと判断したら、これまた、あえての場合を除き、バッサリ切り捨ててしまうほうが良い。何べんでも言うが、合わないクスグリは根多の世界を壊してしまう。

前述したように、根多の発想を広げたり、加筆したりする際は、自分の思い付きは全て肯定的にとらえるべきだが、根多を刈り込む際は、客観的に「面白い・つまらない」を見極めることが大切だ。冷静さ、というものがここで必要になる。

ところが、だ。自分の根多にあまりにも手厳しい判断を下し、刈り込みをやり過ぎてしまうと「何かこの根多は全部つまらないな。捨てよう」ということにもなりかねないので注意が必要である。何事も「ほど」だろう。

もう一つ。推敲の作業中に陥りがちなのだが、自分の書いているのが「落語台本」だというのを忘れてしまうこと。落語は小説ではない。あくまでも落語だ。読んで面白いものではなしに、聴いて面白いと思えるものでなければならない。実際に口に出し、耳で聴いてわかりづらい言葉・表現は言い換えてしまおう。擬古典ものは言葉には特に注意だ。

中でも要注意なのは「江戸や、明治を舞台にしている以上、その頃の日本に存在しない言葉は原則として登場人物たちに喋らせるわけはいけない」ということ。

例えば、だ。仕事をサボる、などの「サボる」は、サボタージュというフランス語が語源なので、江戸を舞台にした根多に使うわけにはいかない。こういう言葉は幾らでもあって、他にも「自由」という言葉なども幕末頃に生まれたものらしい。熟語には要注意だ。

だが、当時の言葉にこだわるあまり、いきいきとした会話が出来なければそれはそれで問題である。リアルとリアリティは別。この言葉を使用しても「良いか・悪いか」という基準を自分の中に設けておこう。このように、クスグリや、根多の見せ場などを作る時に、気を付けなければならないことはたくさんある。おのれの中の基準と照らし合わせながら推敲を行なうべきだ。

例をまた挙げてみよう。作家で、落語研究家の今村信雄先生による名作落語で、現在では古典扱いの「試し酒」という根多がある。そのあらすじは以下の通りだ。

供の下男が恐ろしいくらいの酒豪なので、その主人と商売仲間の旦那が「下男が五升もの酒を一気に飲み干せるのか」という賭けをする。主人に言われ、それに挑戦した下男だが、あっというまに五升飲んでしまう。この根多の見どころは、下男が大きな盃で、次から次へと酒を飲み干すさまだが、このくだりは気を付けないと単調なものになりがちなのだそうだ。

「形で見せやすい噺だから、そっちへ走ると、受けなくても平気になっちゃうのね。「お客は呑んでる様子を感心して聞いてるんだ」と思い込みやすい。呑んでる間に人物の了見が出なきゃダメで、それがないと、非常に平坦な噺になっちゃうんです」

これは、学びの多い良書『五代目小さん芸語録』での柳家小里ん師匠の言葉である。見せ場がダレ場になるという危険性があるのだ。

クスグリ・見せ場のことでもう一つ。落語作家というのは、台本をこしらえる時に、台詞のやり取りばかりに気を遣いがちで、落語家さんが仕草・声・顔など、身体全てを用いてお客さまを笑わせられる、ということを、どうも忘れてしまうところがある。見て面白いクスグリ、音にして面白いクスグリも意識的に考え、根多へと入れ込んだほうが良い。そうすれば笑いの幅が広がる。クスグリは、会話だけのものではないのだ。ありとあらゆる手立てを用い、お客さまたちを精一杯楽しませるべきである。

私の作品の中では、柳家一琴師匠に宛てた「まんぷく番頭」が、そのことをかなり意識してこしらえたものである。台詞だけではなしに、師匠の仕草や声、顔の表情などを活かした笑いが次々と展開する。会話のやり取りの笑いが落語の基本だろうが、落語はそれだけではない。お客さまたちが落語を楽しめるようにするにはどういうことをやれば良いのか。まだまだ落語には可能性があるのではないか。そのことを考え続けるのが落語作家の仕事ではないかと私は思う。

また、笑いだけが落語ではない。物語に引き込まれる、という楽しみも落語にはある。

落語作家で、放送作家でもある永瀧《ながたき》五郎先生の代表作に「除夜の雪」という、桂米朝師匠により披露された擬古典がある。

大晦日の寺。寒さに震えながら、小坊主たちがどうにか寺の務めを果たしていると、伏見屋の若奥さまが寺の提灯を返しに来る。この若奥さまというのは姑に散々いびられている気の毒な人なのだが、この人が帰られた直後、誰もついていない本堂の鐘が鳴り、それが合図のように物語が転がり出して、大晦日の寺の厳しい寒さ、どこかしんみりとしたその風情などが、聴いている者たちの心にありありと浮かび上がる名作である。

初めは、小坊主たちの愉快なやり取りに、クスクスと笑わせられるのだが、途中からあれよあれよとその話が悲しいほうに流れていき、何の救いのないままで静かに幕が引かれる。どこまでも「救われない大晦日のはなし」なのだ。それなのに聴きごたえがあり、聴き終えても不思議と嫌な気分にはならない。そこがこのはなしの凄いところであり、また、口演する落語家さんの腕の見せどころでもある。

落語は、お客さまを笑いばかりで満足させるものではない。泣かせて楽しませるものもあれば、この「除夜の雪」のように、お客さまをどこか神妙な面持ちにさせて物語の中へと引き込むものもある。大晦日は、一年で最も居住まいをただす日だと、私は思う。一年を振り返り、来たるべき年に想いを馳せるというその日に、やりきれない出来事が起きる。これが他の日では駄目だろう。大晦日だからこそ、この「除夜の雪」は聴いていられる。悲しくてやりきれない想いを、大晦日が、静かな寺の鐘が、降り積もる雪が、いっさいを静かに包み込む。これも落語だ。落語の楽しみかたの一つのカタチだ。

さて、話を「推敲」に戻そう。

推敲は、徹底的にやらなければならない。根多を広げている時は、こしらえている根多がつまらないままでも筆を進め、とにかく書き上げることを優先すべきだが、推敲の際には、そのつまらない根多をそのままにしておいては絶対に駄目だ。自分で読んで笑えるようになるまで書き直そう。推敲に手加減は不要である。

私がこれまで、最も徹底的に推敲に取り組んだのは、入船亭小辰さん宛の「千両泥」という根多だ。一度は私が完成させた台本を元に小辰さんと二人でとことん推敲をした。

「八五郎が字の読める弟分・新吉に、偶然知り合った爺さんから買い取った絵図面を見せ、これは埋蔵金のありかが書かれたもので、俺たち二人で掘り起こそう、と儲け話を持ちかける。新吉が絵図面の字を読むと、二人がまさに今いる長屋に大金が埋められているらしい。だがその場所は長屋の乱暴者・源兵衛のところ。二人は源兵衛を家から連れ出し、そのすきに大判小判を掘り出そうとするが失敗。すると今度は大勢の埋蔵金目当ての連中が押し掛けてきて、源兵衛のところは穴だらけになるが、一向に宝は出てこない。そこに大家がやってきて、こんな絵図面なんかを信じるな、地道に稼げ、こんな馬鹿な真似して恥ずかしくないのか、と言い出す。さすがに反省した八五郎が『穴があったら入りたい』と言うと、大家が『幾らでもあるぞ』」

これが最初の「千両泥」の筋である。これを叩き台にして納得の行くまで推敲を重ねたわけだが、字の読めるのは弟分から八五郎自身に変更、絵図面を入手し、この儲け話を持ち込んできたのは弟分にした。最大の改変は、八五郎とその弟分である新吉の二人を泥棒にしたことである。これにより、八五郎は「松兄ィ」と名を変え、新吉のほうは名前を出さないことにして、宝のありかが記された絵図面の入手先も、飲み屋で偶然知り合った爺さんからではなしに、松兄ィたちの泥棒の親方からにした。

クスグリもサゲもとことんまで練り上げ、初めに書き上げた台本とは相当違うものになった。そもそも最初の演題は「ここ掘れ」であった。

「千両はくだらないという宝。それについて記されているという絵図面を手に入れた二人が、そのありかが自分たちの今いる長屋の、乱暴者の源兵衛のうちだというのがわかり、何とか気付かれないようにして大判小判を掘り出そうとするも失敗する」

推敲の結果、これ以外の設定は全部変更した。直しに直したおかげで、根多が抜群に面白いものに成長出来たのである。ちなみに小辰さんの出す案はどれも面白く、秀逸なものばかりで、大いに勉強になった。

初稿はつまらないものでも良い。だが最終稿がつまらないものでは許されない。とことん直そう。遠慮は要らない。

六　サゲへの期待は裏切れない

新作落語は「冒頭からサゲに至る道中さえ面白ければ良い。サゲなんて地口オチ、冗談言っちゃいけねえオチ程度で充分」という主張を聞いたことがある。本篇重視という考えには賛同出来るが、サゲは何でも良い、とはさすがに言えない。サゲは根多のメ。根多の後味になるものだ。出来れば気の利いたものを用意したい。

それに、お客さまというのは、新作落語のサゲにかなり期待しているフシがある。期待には応えるべきだし、期待しているところに、あまりに雑なサゲをぶつけてしまうと、それまで積み重ねてきた笑い・余韻・満足度などが台無しになりかねない。

ではどうすれば。まずはやはり、お客さまにわかるサゲ、意図が伝わるサゲでなければならない。そのサゲが、甘いものでも苦いものでも、どういう味わいのものでも構わないが、その味が、お客さまたちのところに届かなければ意味がないだろう。凝り過ぎると、お客さまは「え。なに今の」みたいに戸惑う。そしてその気持ちのままで帰る羽目に。

私は正直なところ「考えオチもほどほどに」派だ。解説や、たくさんの予備知識などが必要なサゲでは、お客さまが満足して帰路につけない。わからないサゲはつまらないサゲと同義である。サゲは、お客さまに「これでこの落語はおしまいですよ」ということをわからせ、受け入れさせるものなのである。無理に面白がらせる必要はない。根多がおしまいだと納得させられたらそれで良いのである。サゲに無理があると、落語家さんは高座から少々降りづらいのだそうだ。その場合、サゲの後に「〇〇という一席で」などと付け加えがちだという。

とはいうものの、わかりやすさを重視したためにサゲを言う前にお客さまに悟られたり、明快さを求めるあまり雑な地口オチばかり作るというのも問題だ。そもそも地口オチは嫌われる。考えオチのほうが、どうしても上質なものとして扱われる傾向にある。質を問わなければ地口オチは容易に作れるためだ。地口オチは逃げ、という人もいる。

では、地口オチで満足させるには。それは「愛される地口」を目指すしかない。私は、古典落語「孝行糖」のサゲが、愛される地口の筆頭ではないかと考えている。

古典「孝行糖」とは。与太郎が親孝行で表彰された。周りの人は、与太郎が御褒美に頂戴した銭を使い、与太郎に「孝行糖」という飴を売らせようとする。陽気な売り声で飴を売り歩いた与太郎だが、水戸さまの門番にやかましいと棒でぶたれてしまう。止めに入った人が、与太郎を気遣って「どことどこをぶたれた」と声を掛けると、与太郎はぶたれた場所を指さし、孝行糖の売り声のように「こことぉここぉ」と高らかに言う。ここととぉと孝行糖。馬鹿馬鹿しさの極致である。だが、落語が好きになると、これがたまらないほど愛おしい。

地口のサゲを作る時は、この「愛される」という方向性に照準を合わせるべきだろう。

愛される。実に漠然としたものではあるが、これはサゲだけの話ではない。根多作りの目標も、お客さまたちを笑わせる根多を作ることをその第一義にはせず、お客さまたちに愛される根多を作ることを目指すのが大事だと思う。

スジ・クスグリ・サゲ。その全てがお客さまに知られていても、それでも聴きたいと思わせる根多を作ること。落語作りとはそういうものかもしれない。

それから、ウイットに富んだ、気の利いたサゲはどのようにして作れば良いものが出来るのだろうか。これは難しい。一朝一夕に出来ることではない。私もいつも苦しんでいる。しいて言えば、その根多の題材に関する言葉・物事・ことわざ・フレーズなどを幾つも幾つも思い浮かべてみる。そして思い浮かべたらそれらを書き出してみる。その、書き出したものを眺めているうちに良いサゲが思い付くかもしれない。これだッ、と、思わず叫んでしまうようなサゲが。そう信じて取り組むしかないだろう。

無責任なようだが、それほどまでに良いサゲを作るということは難しい。だからこそささいな手掛かりにすがるしかない。とにかく気長に取り組むことだ。他にも、大好きな古典落語のサゲを、これまた幾つも書き出して参考にするのも良い。古典には多種多様なサゲがあるからだ。夫婦の「ほっこり」とした幸せな空気を決して壊さない「芝浜」のようなサゲもあれば、幸せをつかんだと思いきや、それを「ぎゃふん」とばかりに、あっさりとぶち壊す「厩火事」のような強烈なサゲもある。どちらも素晴らしい後味だ。

あとは前述した「自分ならこうする」稽古も試そう。サゲ作りの稽古として、あくまでも「あえて」古典のサゲを変えることに取り組んでみるのも良い。例えば、古典落語「寿限無」の「あんまり名前が長いんでコブが引っ込んじゃった」というサゲを、あえて作り直すとしたら。

「おい親父。何でこんな長え名前ェ俺に付けやがったんだ。そっちがその気ならこっちにも考えがあるから覚えとけ」

「俺に何する気だ」

「死んだら長え戒名付けてやる」

「そんなにてめえの名前に文句を言うんじゃねえ。俺だって苦労してるんだ」

「苦労って一体どんな苦労だよ」

「俺も、名乗る時に大変なんだ……俺はね。寿限無ゥ寿限無ゥ五劫の擦り切れ（中略）長久命の長助……の親父だァ」

良いサゲなどそうそう思い付くものではない。現に、古典のほうにも「これはちょっと」というサゲたちが山ほどあるではないか。刀屋・転宅・山崎屋などなど。とはいえ、サゲ作りを最初から諦めてしまうわけにもいかない。いつも私が、サゲ作りで心掛けているのはこれだ。

「サゲを作る時には、うまいことを言おう、大爆笑を取ろう、という意識ではなしに、この根多をどういう後味にしたいのか、というところから考える」

サゲの出来具合が正直微妙でも、その根多の後味さえ壊さなければ及第点ではないだろうか。もう一つ。サゲが思い付かないので本篇が書き出せない、という場合は、前述したが、サゲのことはひとまず忘れ、本篇を書き出すべきである。サゲは未来の自分に丸投げだ、というくらいの気持ちでいれば良い。何でもそうだが、書ける箇所から少しずつ書き進めてしまわないと、永遠に何も書き出せないままで原稿を投げ出してしまうもの。書けるところから書いてしまおう。サゲも本篇も、全てにおいて。

さてと。本篇・サゲと来たら次はマクラのはなし。

落語作りの際、私はあえてマクラを作らない。いつも本篇ばかりをこしらえ、落語家さんに原稿をお渡しするようにしている。決してマクラ作りが面倒だからではない。それにはちゃんとした理由がある。落語本篇とは違い、マクラは喋り手の主義主張・意見などがあまりにもお客さまに伝わり過ぎる。そのために、作家のこしらえたマクラでは、落語家さんが、作家先生の考えたことを、どこか「言わされている」感が出てしまうものだ。だからこそマクラは、落語家さん自身が、自身の考えなどを、自分の言葉で喋らなければ駄目だ。マクラは、落語家さんのセンスに任せたい。

また、落語作家が、落語家さんを通し、マクラの時に強く何かを訴えてみたいと考えているとしたら、それは作家の思い上がりだと思う。落語作家は、どこまでも裏方なのだ。訴えたいことがあるのであれば本篇でやるべき。そもそも、落語作家が「私は、落語の本篇で別に何も訴えかけていないですよ」などと言おうが、作家の感性・了見などは、はなしの中からじんわりとにじみ出てくるものだ。

話が少し逸れるようだが、私が主宰を務めている落語会に「井上新作落語みつぼし」というものがある。林家たけ平師匠・春風亭三朝師匠・桂夏丸師匠が、私の書き下ろした新作を根多下ろしする会だ。その、第二回のこと。

この時は「色恋ばなし」と銘打ち、色恋の要素のある根多ばかりを三席書き下ろして、お客さまたちに披露する企画で、おかげさまで好評のうちに終了したのだが、アンケートで「出来れば、恋愛が成就するはなしも聴いてみたかった」と言われてしまった。全くの無意識だが、私の書いた三席全てが「失恋もの」だったのだ。それは恐らく、私の中に「落語に登場する色恋は成就しないほうが面白い」という考えがあるのだろう。他のお客さまからも「失恋ばかりなのは、井上さんの作家性ですね」という御指摘もいただいた。失恋が作家性。もはや苦笑するしかない。了見というのはこのように作品ににじみ出る。

マクラにおいて、落語作家は「手出し無用」のほうがやはり良いのではないか。それでも、どうしても主張したいことがあるならば「地噺」作りをお勧めする。想いが強い人、語り込みたいことがある人、とにかく自分の話を聞いて貰いたい人、そういう人たちには地噺作りが最適だろう。思うに、地噺とは作り手の熱量が勝負だ。登場人物による「物語」ではなしに、おのれ自身がお客さまたちに話し掛け、時には強く訴えかけるような「演説」のつもりでこしらえる。そうでなければわざわざ地噺のカタチを採る必要はない。熱量の他には、落語家さんの個性、その雰囲気、たたずまいが勝負のカギとなるだろう。

会話形式による落語がどうしても作れないために、地を多用し、これは地噺だから、などと言い張るのは如何なものかと思う。会話だけだと物語を展開するのにどうも混乱してしまうから地の喋りに頼る、では困る。消極的に地噺を選ぶのではなしに、どうせなら積極的に地噺を選ぼうではないか。

マクラの話に戻ると、本篇の補足や、サゲに関する事柄を、マクラで長々と説明することも出来るだけ避けたいものである。桂夏丸師匠宛の現代ものの新作落語「綾子に捧げるのど自慢」では、マクラの中で師匠に、NHKのど自慢の審査形式の説明を頼んだ。鐘の鳴る回数で評価を発表する、あれだ。それを知らないとこの根多はあまり楽しめない。サゲにも関わるので説明必須なのだ。この種の説明を本篇の中でやることも出来るが、そうすると登場人物たちの台詞が、その部分だけ説明口調になりがちなので、マクラでの説明をお願いした。

だが、本当ならば、滑稽噺のマクラでは、本篇の解説要素などないほうが良い。解説というのは下手をするとダレ場になりがちだ。冒頭からそれではお客さまたちも興ざめ。本篇に入る前に盛り下げてどうするのか。マクラで延々と、根多の説明をしなければ楽しめないような、そんな落語を作るのは考えものだ。実に耳が痛い話だが。

人情噺のマクラであれば滑稽噺に比べ、本篇の説明が多めでも多少は許されるような気もするのだが、やはり本篇の雰囲気を壊してしまう恐れがある。聴かせる落語を作りたければ、聴かせるマクラも作り上げなければならないのだ。いや、人情噺ならば、落語家さんの近況報告のようなマクラなどなしで、いきなり本篇という演出を採るのも良いと思う。本篇だけで勝負、という恰好良さ。この「マクラなし」は、人情噺に限らず、滑稽噺の時でも効果的だ。期待感でゾクゾクする。

落語家さんが亡くなり、その人に世話になっていた落語家さんが、その人が得意にしていた根多、またはその人から教わった根多などを、追悼の意味で高座に掛ける時に「マクラなし」をやられるとシビれる。

閑話休題。いっそのこと、擬古典のマクラは、昔から古典落語で使われている小噺をそのまま振るべきなのか。いや、それでは駄目だ。マクラが古臭いと本篇にまで累が及ぶ。お客さまの心が、マクラで離れてしまうのだ。マクラで盛り上げ過ぎるのも問題だが、マクラを軽視するのはもっと問題である。もし、作家がマクラをあえて作るのであれば、事前に、本篇の主題と絡めた様々な話題を、マクラの種として幾つも提示し、その中から、その日その時、使えるものをそのつど落語家さんに選んで貰う。これならば、作家がマクラを作る意味があるかもしれない。

七　根多が他のと付かないように

自作の根多を「寄席」で聴けたら。それは、落語をこしらえる者ならば「いつかは」と夢見ることではないだろうか。苦心して作り上げた根多が「この根多は、寄席で掛けても大丈夫」と、落語家さんに判断され、寄席の高座で披露される。それだけでも充分嬉しいというのに、その上、お客さまたちにも喜んで貰えたら。まさに作家冥利に尽きるというもの。自分で開いた会に来て下さるお客さまとは違い、寄席には自分に好意的な人はまずいない。

だからこそ、寄席のお客さまに喜んで貰える、というのは、その根多が真に力のある証拠だ。そして、寄席に受け入れられるということは、自分が託した根多を、落語家さんが、寄席のお客さまにも通用する域まで高めてくれた、磨いてくれたという何よりの証でもある。

私にも経験がある。柳家小せん師匠に託した擬古典「御落胤」は、師匠に大切にされている幸福な根多の筆頭。私の会で根多下ろしされた「御落胤」は、師匠の勉強会「鐙《あぶみ》の会」にて再演され、また、横浜にぎわい座での会でも口演された。

その後、満を持しての上野鈴本演芸場。仲入り前での「御落胤」披露。大成功。

お客さまたちに喜ばれ、サゲの後の「おなァーかァーいりィー」の声に、こみ上げてくるものがあった。自作が高座に掛けられる、というのは、たとえそれがどんな場所でも嬉しいものだが、寄席での口演は、また格別の喜びがある。好きで好きでたまらない、あの寄席という空間で、自分のこしらえた根多が掛かるのだ。夢のようとはこのこと。楽屋に置かれた根多帳に、自作の演題が書き込まれることを想像するだけでも興奮が抑えきれない。

立て前座さんが尋ねたはずだ。


「師匠、今の根多は何とお書きすれば」

「御落胤としといて」


寄席の歴史に混ぜて貰えたという誇らしさと、良いのだろうかという照れのようなものが同居する心地である。

桂夏丸師匠に託した、現代ものの新作「綾子に捧げるのど自慢」も、寄席にて披露していただけた。それも、夏丸師匠の真打昇進披露興行のトリの高座である。その上、私の大好きな池袋演芸場で。真打昇進の披露興行という、師匠の落語家人生の晴れの舞台に、この私の根多を選んでいただけたのだ。これほど光栄なことはないだろう。

ところで、寄席で自作と言えば、私が、これまでに落語家さんから頂戴してきた助言や金言の中でも、最も「目から鱗が落ちる」ような思いで受け止めたものが、次の言葉である。

「井上さんが、自分の書いた根多を寄席で掛けて貰いたいなら、他の落語と、根多が付きにくいものを意識して書いたほうが良いですよ」

根多が付く、とは「自分より前の出演者たちが高座で掛けたものと同じような題材・構成・要素のある根多を掛けてしまうこと」である。要するに「根多がかぶる」と言うこと。つまりは、その落語家さんは。

「他とかぶりにくい根多を書きなさい」

そのように教えてくれたのである。

寄席・落語会にて、誰かが高座で披露した根多と同じもの、もしくはそれに似たような根多を、その後に出演する落語家さんたちは基本的にやろうとしない。例えば、誰かが「時そば」を口演したら、それ以降はそばの登場する根多はやらないもの。また「時そば」は「主人公が、他人の真似をして失敗する」という根多なので、これと同じ構造の根多、いわゆる「おうむ返し」のものを、その後の出番の人は普通高座に掛けたりしない。

なぜそのような決めごとがあるのか。答えは簡単だ。同じ類の根多をもう一度掛けても、お客さまに喜んで貰えないからである。だからこそ楽屋には、その日その会場で、高座に掛けられた根多の、おぼえがきである「根多帳」が置かれている。はなしが付かないようにするために。

根多が「付く・付かない」はかなり重要なこと。そのことを、深いところで考えないでいた、かつての私は、一つしくじりをしている。

初めて私が、林家たけ平師匠のためにこしらえた擬古典もの「わけあり長屋」は、その根多下ろしの際、師匠のおかげで、お客さまに喜んでいただけた。だが師匠は、この根多の再演は難しいと言う。わけを尋ねると「この根多は、他の落語と根多が付き過ぎるから掛けづらい」とのこと。

「幇間持ちの一八が引っ越した先は、事故物件として有名な、わけありだらけの長屋。ある日、その長屋に一八の客である若旦那が訪ねてきた。一八は若旦那にそこで起きた怪奇現象の数々を話して聞かせる」

以上が「わけあり長屋」のあらすじだが、この根多には「若旦那・幇間・長屋・幽霊・大店・出産」などなど、数多くの要素が詰め込まれている。これがいけない。この根多を寄席で掛けると、その後に高座に上がる人たちは、かなりの数の根多を封じられてしまう。仲間たちに相当迷惑が掛かるのだ。出演者が自分一人だけの会、いわゆる独演会であれば掛けても良いのだろうが、寄席のように他の落語家さんたちが大勢出るところではとても掛けられない。

つまり、この「わけあり長屋」を、寄席でも使えるような根多にするには、詰め込み過ぎている「要素」を、たくさんそぎ落とす必要があるのだ。そぎ落として、周りの邪魔にならない根多にしなければならない。だが、そう簡単にはいかないもので。

この根多に登場する「若旦那・幇間」の二人。例えば「要素」をそぎ落とすため、二人の関係性を「兄貴分・弟分」などと安易に変えたとしよう。すると、この根多のサゲも変えざるを得なくなるのである。それは、一八の口癖「ヨイショ」という言葉がサゲに使われているからだ。

それならば、と、サゲを変えたとしよう。すると、次は別の箇所でつじつまが合わなくなる。そこを直すと、また新しいほころびが出る。直す。ほころぶ。これの繰り返しになりがちだ。書き上げた根多の「要素」を削ることは、これが案外難しいのである。

そして、そんな書き直しをやり過ぎると、その根多の良さが失われてしまい、いつしか「ゼロから作り直したほうが話が早いような」という気持ちになる。こうなるともうおしまい。その根多はお蔵入りである。

思うに、落語作りの理想というのは、一つの題材・要素をふくらませて書き上げることなのだろう。小噺をふくらませて一席の落語にするように。そのように作れば、一つの根多に要素を詰め込み過ぎることもなくなるはずだ。主題がぶれることもないだろう。落語は「シンプル・イズ・ベスト」なのだ。特に、寄席で使える根多は。

根多が付く・付かないという以前に、要素の詰め込み過ぎや、やたらと入り組んだ設定の根多だと、情報量があふれてしまい、お客さまがくたびれる。落語は、お客さまの想像力が頼りの話芸である。そうなのだ。高座の上にいる落語家さんの言葉を聴き、仕草や表情などを見ることで、頭の中に、その世界を浮かび上がらせ、味わうのが落語というもの。落語家さんの出す情報を、お客さまが受け取り、想像して楽しむものである。演る側の表現力と、聴く側の想像力が命なのだ。

それなのに、生の落語というものは、聴きそびれても聴き返すことが出来ないのである。そこが小説などと明らかに違うところだ。詰め込み過ぎ、盛り込み過ぎもほどほどにしないと、お客さまたちが付いて来られない。場面がコロコロ変わる。登場人物が多すぎる。落語作家は、そういうことに鈍感だ。斬新なものに挑戦しようと、あまりにも複雑な根多を書いてしまいがちである。それ自体は、決して悪いことではないのだが、難しいことをわかりやすくする努力は絶対に、絶対に必要である。お客さまたちに伝わらない落語は無意味だ。

「落語は小説と違い、読み返せない」

このことは、常に頭の中に入れておかなければ。何事もほどほどにしよう。

さて、話を戻そう。他の落語家さんのことを考えずに、根多が付く・付かない、などを気にしないで、一席に要素を詰め込むような真似をすれば、笑いを取れるのは当然。

「落語のほうに登場する人物はと申しますと、八っつあん熊さん、横丁の御隠居さん、人の良いのが甚兵衛さん、馬鹿で与太郎、なんてことを」

これに加え、幇間持ちの一八・道楽ものの若旦那・その親父で大店の旦那さま・そこの番頭・小僧定吉・世間知らずの殿さま・その家来の田中三太夫・花魁・因業な大家、などなど。彼らを好きなだけ登場させたら。そんな「オールスター戦」状態の根多は、楽に笑いが取れるだろうが、落語家さんからは「こいつ駄目だ」と思われ、相手にして貰えないだろう。

私は「わけあり長屋」の件で大いに学んだ。寄席での根多は、他の出演者の邪魔にならないものでなければならないということ。根多の尺もそう。寄席で使いやすい根多を目指すのであれば、七～八分から十二～十三分ほどの長さがちょうど良い。あまり長い根多では持ち時間が足りないし、他の出演者たちの迷惑になる。落語作家ならば、そういうことも踏まえて根多をこしらえなければならない。

落語の世界というのは、個人事業主のようで、意外と連帯・配慮などが必要なのだ。仲間たちとの「調和」が重要視される。特に「寄席」では。寄席は出演者たちの「流れ」を楽しませる場所であり、ひとりよがりは許されない。

とはいえ、寄席は寄席でも、寄席のトリで掛けられる根多を目指すのであれば、十五分超えの根多でも一向に構わないし、寄席ではなしに「ホール落語」の会で使われたければ二十分、三十分の長尺でも良いだろう。その根多であなたがどこを目指すのか。それを考えておくべきだ。

根多の「季節」についてもそのことは言える。落語をこしらえる時、その根多の季節をいつ頃にしたものか、という問題がある。根多の題材や、そこに登場する物事から、季節を感じさせるものを出さないようにすれば、その根多は、一年じゅう使えるものになるだろう。いつでも高座に掛けられる便利な根多であれば、再演して貰える可能性も上がるというものだ。

しかし、季節を感じさせる根多には、たまらないほどの魅力がある、というのも忘れてはいけない。今年もこの根多が聴けたよォ。この根多がもう掛かる時期なんだねェ。そろそろこの根多も聴き納めになるのかなァ、などなど。

季節感があふれる落語には、そんな、しみじみとした想いに浸れる喜びというものがある。はる・なつ・あき・ふゆ。季節に寄り添う根多に触れることで、お客さまたちは嬉しい気持ちになれる。通年掛けられる根多にはそこが欠けている。季節を味わえるというのも、落語の素晴らしいところだ。笑いの量だけが落語の魅力の物差しではない。

いつでも高座に掛けられる。旬を味わえる。根多を常緑樹にするのか、落葉樹にするのか。それは、どちらが上でも下でもない。やはり「あなたが、その根多で一体どこを目指そうとしているのか」だ。もっとも、根多が思い付くうちは、季節を感じられる根多も、そうでない根多も、その両方に取り組んでみるべきだろう。自分の行き先などわからないままでも良いのだ。色々と書いてみることをお勧めする。とことん楽しみながら。四季を味わうもの味わえないもの。長い根多から短い根多。その全てに挑戦すべきだ。欲張りで良い。貪欲で良いのだ。枯渇を恐れずに、書けるあいだは書けるだけ書く。もちろん大好きな落語家さんのために。どんな落語を目指すのかについてはあれこれと悩みながらたくさん挑戦してみることだ。

私も、習作段階では擬古典ものを書いていない。どこを目指すべきなのかわからないままでも、ありとあらゆる根多に取り組んでいるうちに、何かしら見えるようになるものだ。自分の「得意」を見付けること。出来れば、根多も作風も、他とは付かないものを。周りと協調しながらも独自性は手放さない。矛盾しているようだが両立はきっと出来るはずだ。

八　落語台本は手直しされるもの

「落語作家になりたいのなら、新作台本の賞を二つ取りなさい。二つだよ」

これは、今から十年以上も前に、とある新作派の落語家さんからいただいた言葉である。一つではなしに二つ。賞が一つではまぐれだと思われるからだ。

ならば二つ取ろう。二つ取って落語作家になろう。そう心に決めてはみたものの、私は結局二つどころか一つも新作台本の賞を取れていない。だが、落語作家の看板は掲げている。我ながら実に図々しいと思う。

ところで、落語台本の一般公募。そこに入選した新作落語を、落語家さんたちが高座に掛ける落語会が、たまに開催されている。その際に、入選作品が、原作の台本通りのままに披露されるかというとそうではない。たいていは、実演する落語家さんにより、台本はそれなりに改変される。中には、あとかたもないくらいにその入選作品を書き換えてしまう落語家さんもいるそうで、それに激怒した原作者が、自分の入選作の口演中にも関わらず、会場を飛び出すというような修羅場もあるらしい。

腹が立つのもわかる。心血を注いで書き上げた作品を、無断で直されて怒り狂うのは同じ書き手として理解出来る。だが、落語の台本は手直しされて当たり前だ。他の分野は知らないが、落語の場合は、作家が、机の上でひねり出した台本をそのままで、一言一句変えずに高座に掛けるなど、暴挙以外の何物でもない。落語は、高座ごとに変わるもの。その日その時の状況に合わせ、根多が調整されるのは当然のことだ。お客さまの反応を踏まえ、落語家さんは落語を操らなければならない。台本をそのまま、何一ついじらずにやれ、という作家は高座の邪魔である。

そもそもだ。落語家さんは、落語作家のために落語を披露しているのではない。目の前にいるお客さまたちを楽しませ、そうすることで生計を立てるためである。作家が、商売の邪魔をしてはならない。落語作家というのは、料理に例えるなら、食材を吟味して調達する役割を担う存在である。それに対し、落語家さんは、作家が集めてきたもので調理をし、お客さまたちに食事を提供する役である。作家は、落語家さんという料理人の作る料理に、口をはさむことは出来ない。高座に上がり、お客さまと対峙するのは落語家さんである。だからこそ落語家さんが「ウケる・ウケない」に敏感になるのは当然だろう。この台本のままではウケない。だから直すのだ。

それは、高座に上がる前とは限らない。高座の上で、まさに落語を披露している真っ最中でも直したほうが良いと判断したら直す。台本にない台詞が自然と出ることもあれば、とっさに削ったり、言い換えたりすることも。お客さまに合わせた結果だ。大事なのは、お客さまたちを逸らさないことであり、台本のままで披露することではない。作家が「台本通りにやれ」などと平気で言えるのは、自分が高座に上がらないからだ。高座で傷付いた経験がないからだ。

「作家は戦場に出ないから」

落語家さんにそう言われたことがあるが、もっともである。ぐうの音も出ない正論だ。どのみち、落語家さんが高座の上で落語を喋り出してしまえば作家の出る幕などないわけだが。全ては高座で奮闘する落語家さんの判断ひとつ。台本無視もあり得る。

落語には、完成というものが存在しない。高座ごとにカタチが違う、どこまでも融通無碍の存在である。だからこそ作家の台本などはあくまで素材程度だ。そう考えたほうが互いに幸せである。

落語作家に大切なこと。それは、台本を託した落語家さんの芸に惚れ、信じることだと思う。根多を直すには直すなりの理由が落語家さんにはあるのだから、ガタガタ言うのはよそう。自分が惚れ、信じた落語家さんに、高座の上で起きることの全てを任せる、ゆだねる。根多を託すというのはそういうことだ。どんなに台本を直されたとしても、もはやあとかたがないものに変わろうと、それでもこの根多は自分のこしらえた作品だ、私の落語だ、と、胸を張るべきだ。

これは、俳句と同じである。宗匠からどんなに直されたとしても、その句はやはり自分自身のもの。あくまで大事なのは、おのれの原作を尊重されることよりも、その根多が御来場のお客さまに喜ばれる、受け入れられること。考え違いをしてはいけない。手直しされるのがどうしても嫌だ、耐えられない、という人は、落語作家には不向きだと思う。目立ちたがり屋には正直お勧め出来ない仕事なのだ。

「そうは言いますけど、井上さんも本質的には目立ちたい人ですよ。だってそうでしょう。落語会の名前の付けかたでそのことがわかります」

確かに、私の落語会は、そのどれもが落語作家である私を目立たせる名前のものばかりだ。

「井上新作落語みつぼし」
「落語作家井上のかたち」

これではそう思われても仕方がないだろう。ただ、言い訳をさせて貰うと、これらは「私が自分の名前を売り込みたいから付けた」のではなしに、あくまでも「他の会との差別化を図るため」にやむなく付けたものである。

落語作家による落語会。こんな会は、上方ではわからないが、東京では珍しいので目を引きやすい。どんな会なんだろうと興味を持つ人が多いはずだ。それが集客に繋がると考え、落語作家の会だということを前面に押し出してみたのである。

「今の時代では、自分の根多を聴いて貰うために、落語作家も目立つ必要があるのでは。井上さんも『作家は裏方』と言いながら『集客のため』と、自作の裏話を客前で語るようなこともしていますよね」

そう言われると二の句が継げないが、話を戻すと、自分の根多を手直しされるのが許せないのなら、落語家になれば良いと思う。おのれのこしらえた根多をひっさげて、自ら高座に上がり、好きなように、思うままに披露したほうが良いように思える。

前述の「作家は戦場に出ない」発言の落語家さんに、次のように言われたことがある。

「仕事だと割り切れば、台本の通りになんて楽にやれます。三日もあればやれますよ。でも、それをしないのは作家に失礼だからです。根多をあれこれと手直しするのは、作家から頂戴したものを、より良いものにしたいからですよ」

ありがたいなァと心から思う。落語作家は裏方。何べんでもそう言おう。ただし、確かに裏方ではあるが、落語作家も立派な仕事だ。誇らしいところは幾らでもある。

落語作家の役割は、何もないところから新しいものを生み出すことだ。つまりは「ゼロをイチにする」ことであり、その「イチ」を落語家さんに託すことだ。ゼロをイチにすること。これは、とても意義のある仕事だ。誇りを持とう。

ちなみに、落語家さんの役目というのは「イチをニにして、ニをサンに、シに、ゴに、ジュウ、ヒャクにすること」であり、そのようにおのれで増やしたものをお客さまに届けることである。これもまた、意義のある仕事だろう。作家と、落語家さんと、どちらが上だの下だのというようなものではない。どちらも素晴らしい役割だ。

ただ、落語作家のほうが、落語家さんに比べるとどうしても目立たないものである。とはいえ、やりがいはある。落語家さんたちを支えてこその落語作家で、私が、このように裏方として落語を作るのは、やはり落語と落語家さんが好きだからだ。惚れているからだ。最近は落語が注目されているみたいだからその尻馬に乗ろう、というような了見ではないのだ。

正直なところ、落語作家は別に儲かるわけでもない仕事である。それでも、落語をこしらえているのは、落語と落語家さんが好きであり、共にありたいと願うからだ。

「この世界をチョイと齧《かじ》って他のジャンルに行った奴あ、どうでもいい。ちったあ、この世界に世話になったり、恩義をきたり、楽しませてもらった物書きは、下手でも、馬鹿でもかまわねえから、何か、書けやい。出来れば、そのことが、現代社会にインパクトを与える文章を……」

立川談志師匠の名著『談志楽屋噺』の、文春文庫版はこのように〆られている。

私なりの恩返しとは何か。それはやはり「一つでも多くの落語を生むこと」だろう。もう一つは、落語を作りたいと考えている人に、私の経験から得たものを伝えることではないか。そのように信じているからこそ、私はこうして自分の手の内、のようなものを恥ずかしながら晒している。

また話が逸れた。とにもかくにも、落語家さんが作家の台本を直すのは当然のこと。何べんも言うがそれは諦めよう。だが、落語家さんに台本を直される、そのことに慣れてはいけない。あてがきでこしらえた台本を直されるというのは、あまりあてがき出来ていないということでもある。直されたことを恥じるべきだ。自戒をこめて言うのだが、少しずつでも良いから、一席書き上げるごとに腕を上げなければ駄目だ。落語家さんに極力直されないような根多を、高水準なものを作らなければいけないのだ。

それからもう一つ。直されることも恐れるべきことではあるが、落語作家が、真に避けなければいけないことに「掛け捨て」というものがある。この「掛け捨て」というのは、新作落語が、一応は根多下ろしをされたものの、それから再演されていない状態のことである。つまり「掛けたが捨てた」から「掛け捨て」ということだ。どんなに懸命に根多を書いても、様々な理由で、この掛け捨て状態に陥るというのは良くあること。ちなみに、私がこれまでに落語家さんに高座に掛けていただいた新作落語は、二〇二二年の三月の時点で二十六席あるが、再演して貰えたのは全部で十七席。根多下ろしから一年以上経過した再演となるとたった二席となる。ほぼ全滅だ。たまたま再演されていないだけなのか、それとも全て掛け捨てにされているのか。はたしてそのどちらなのかはとても聞けない。

このように、新作が掛け捨てにされることが多いからこそ、落語家さんにおのれの根多を再演して貰えるのは嬉しい。再演は、落語家さんが「この根多は使い物になる」と判断した何よりの証拠であり、その根多の価値を心の底から認めていることの表れだからだ。根多というのは、再演を重ねることで磨かれる。磨けば磨くほど洗練されるものである。洗練された新作には、そのうちに作者から離れ、古典落語へと昇華されるものもある。わずかだが、ある。

例えば、擬古典で言うと、小佐田定雄先生の「幽霊の辻」などは古典落語の域にまで到達している。そこまで行けるような新作などは滅多にないが、おのれの根多を、古典落語にまで少しでも近付けたいと願いながら書き続けてこその落語作家、だろう。擬古典派ならば特に。

根多を託した落語家さんが再演を重ねるうちに、他の落語家さんがその高座を聴き「この根多、自分にもやらせて欲しいなァ」と、思うことがあるかもしれない。これは嬉しい。まさに最上級の評価である。そして、自分のこしらえた根多が広がり、複数の落語家さんの持ち根多にされると、根多はそれぞれが、それぞれのカタチで磨かれるようになる。

そうこうしているうちに、いつしか作者の名前が擦り切れ、新作か古典か実にあやふやなものになる。作家の知らないところで、高座に掛けられることもあるだろうが、そんな境地にまで達すると、擬古典から「擬」の字がするりと取れる。

ふと思う。もしかしたらだが、擬古典が古典になる時には、作者の存在などは邪魔でしかないのかもしれない。作者が忘れられて初めて古典なのだとしたら。

そう。擬古典落語の「擬」というのは、それを書いた落語作家のことなのかもしれない。数え切れないほどの再演の果てには、根多は磨かれて残り、作者は磨かれて消える。そうなのだ。作家は作品だけを残し、おのれ自身は消え去れば良いのだ。それが「落語作家の本懐」だ。古典落語のように「詠み人知らず」になることを目指して。

だとしたらやはり、目立ちたがり屋には落語作家は不向きである。

九　すぐに助言を欲しがらない

柳家小せん師匠に託した「御落胤」のはなし。

横浜にぎわい座の「横濱小せん会」にて、師匠が「御落胤」を披露したところ、師匠のお客さまが打ち上げの際に、師匠に助言をしたらしい。

「八五郎の『自分は公方さまの御落胤』という、とっさの嘘が、あっというまに拡散され、本当に八五郎が将軍の御落胤なのかを取り調べることになり、役人である『同心』が遣わされ、八五郎は奉行所に連行されそうになる」

このくだりについてそのお客さまが言うには。

「奉行所から来るのは『同心』よりも、格上の『筆頭与力』のほうが大ごとになった感じがするよ」

これは見事な指摘だ。勢いでついた嘘が広まり、八五郎が大慌てするさまが笑いになるのだから、遣わされた役人は出来るだけ身分が高い人のほうが面白い。このお客さまが一体誰なのかは言えないが、代表作がアニメ化などもされている大御所の漫画家さんで、以前、落語に関する本を出版したこともあるほどの落語好きの先生である。正直驚いた。

同心を筆頭与力に替える。ささいなことかもしれないが、落語作家の看板を掲げている以上はこれくらいこだわらなければ。こだわりをやめた時が作家のやめ時だと信じて。

ところで、こだわらなければと言えば、春風亭三朝師匠に託した「風邪小僧」のはなし。

「大店の小僧が風邪のふりをし、旦那や番頭たちから手厚い看病を受けたい、優しくされたいと考えたのだが、なかなか思い通りにはいかない。ついには『風邪には良く効くが、風邪ではない者が飲むと二度と目を覚まさない』薬を出される。そんなものを飲むわけにはいかない小僧と、腕ずくでも飲ませようと意地になる旦那。進退窮まった小僧は、風邪というのは嘘、仮病だと旦那に告白する」

このくだりについて、漫画家の先生とはまた別のお客さまから次のような助言を頂戴した。

「旦那が、風邪ではない者が飲むと二度と目を覚まさない薬を小僧に飲ませようとしたのは、仮病のことを白状させようとしてのことで、そもそもそんな薬などない、と、後で旦那が言うようにしてみては」

確かにそのほうが理にかなう。出来立ての根多には、このような穴が幾つもあるものである。それは、根多が破綻しているほどの矛盾点、のような大きな穴もあれば、穴とは言えないくらいの穴もある。いずれにしても推敲の際には要注意だ。

「噺の矛盾を理詰めで処理しろ」

立川談志師匠の言葉だそうだ。

もっと言えば、理詰めで処理したところが理屈っぽくならないようにしないといけない。説明のような台詞を八っつあんや熊さんたちに喋らせるのはまずい。また、高座の途中で脱線して「この根多はここのところがおかしい」と、矛盾している箇所を登場人物に指摘させれば、それはそこそこ笑いの取れるクスグリになるかもしれない。ただ、私個人の好みで言うならば、落語家さんが自分の判断で、アドリブとして言うのは良いが、作家が、根多の穴を埋め切れないまま、台本にそんなふうに書くのはどうも怠慢に感じる。

それはさておき、助言のままに「風邪小僧」を直してみよう。

「そうなんでございます。松どんが風邪引いてみんなから優しくされたって聞いて、それならあたしもってそれで嘘をついたんでございます」

「やはり風邪じゃなかったな」

「わかってたんですか」

「当たり前だろ。奉公人の具合が今どうなのかわからないであるじが務まるか。考えてもみな。風邪でないものが飲むと二度と目を覚まさないなんて薬ィ、あるわけないだろ。あたしがそう言えば、おまえが本当のこと言うだろうと思って」

「はかったな……旦那さまの嘘つき」

「おまえに言われたくないよ」


指摘されたようにこのほうが良いだろう。推敲の際に細かいことにこだわるのは大切だ。こだわりと言えば、ある落語家さんとのはなし。

書き上げた台本を渡したところ、はっきりと「ここは変えて貰いたい」と言われたことがある。それは、登場人物の一人が、女房に捨てられたことを周りに話すくだり。その人が言うには「俺ェ女房に逃げられてさァ、なんて台詞を江戸っ子は自分から言わないし、そんなの江戸っ子に言わせたくない」とのこと。周りの連中たちに「おめえ、カミさんに逃げられたんだって」と言われても強がるのが江戸っ子だと。こういうこだわりは大事にしたい。

そのこだわりを踏まえ、江戸っ子が、自分から女房に捨てられたのを仲間に言うのはやめにして、周りの連中たちが指摘するというカタチに台本を直すことにした。


「大丈夫。おみつは心が広いんだよ。ヤキモチなんざいちいちやいたりしねえから。こないだもそう。松っちゃんあんた女郎買いで忙しいだろうから、あたしは隣町のヨッさんのところに行きますね、なァんて気を回してくれてさあ」

「おめえそれ捨てられたんだよ」


落語家さんはそれぞれにこだわりがあり、全員に共通する「正解」のようなものなどはない。それぞれがそれぞれに「自分なりの正解」を探し、見付け、そのことを大切にしている。それが「こだわる」ということだ。

そんな落語家さんのこだわりを尊重し、それらを活かした根多を作るのが落語作家。だからこそ私はあてがきを勧めるのだ。作家は、落語家さんから「こんな根多が欲しい」と言われたら、その要望に応えられるだけの腕が必要である。落語作家は職人であるべきだろう。そうなのだ。落語作家は芸術家ではない。小説家とも違う。落語家さんの注文を踏まえ、落語家さんのために台本を書き上げる。それを元に落語家さんたちは高座のたびに内容を変えてみせる。台詞に手を入れ、その順番を入れ替え、削ることも足すこともある。落語とはそういうもの。作家のこしらえる台本は、落語家さんの口演の「叩き台」なのだ。そんな役割に納得の行かない人には、落語作家は不向きだと言える。腕の良い職人。落語作家はそういう存在でなければ。

それから、桂夏丸師匠のはなし。

これまで私は、夏丸師匠に三席の新作、私にしては珍しい現代ものを書き、託しているが、その全てが師匠からの「こんな根多が欲しい」という要望に、きっちり応えたものばかりである。

「根多の中で歌いたい」→「みちばた詩人」

「清楚に見えるが実際は違う女子高生の根多を。それからまた歌いたい」→「綾子に捧げるのど自慢」

「スクールカーストの中程度にいる男子高生が、カーストの上位に行きたいと願うも、なかなか行けないというような根多をやりたい。今度は根多の中で楽器を演奏したい」→「紺碧の空の下」

夏丸師匠には三席とも喜んでいただけたようだ。だが、自分としてはまだまだ勉強不足で、未熟だなと恥じている。これは謙遜ではない。夏丸師匠の腕に助けられているのが自分にはわかる。

勉強と言えば、今まで落語を一度も書き上げたことのない人は、一席だけで良いので、好きな落語家さんの速記を、ノートやパソコンなどに書き写してみると良い。これはとても勉強になる。速記をまるまる写すことで、落語の台本を書くということが、実際にはどんな作業かわかるようになる。あなたの好きな落語家さんの速記がない場合は、あなたのお気に入りの音源を聴き、それを書き起こすという手もある。面倒な作業だとは思うが、そもそも、落語をゼロからこしらえるほうがもっと面倒だ。

さて、今までの助言のようなものは全て、落語を書きたいと考えている人のためになると思い、書き連ねてきたつもりだが、もう一つ、ここで触れておきたい。それは、次に挙げるものを求めないで欲しいのだ。

「初稿執筆中の助言」

落語の根多を思い付き、意気込んで、どんどんと書き進めてはみたものの、その途中でどうしたものか、筆がぴたりと止まり、全く動かない。そんな時は、どうしたら良いのだろうかと迷うあまり、周りに助け船を出したくなるだろう。筆が止まることで、急に不安になり、自分の頭の中にある落語の種に「これは本当に面白いものなのか。実はつまらないのでは」などという不安を覚え、自信喪失し、他人の意見や感想が欲しくなるだろう。だが、それをしてはいけない。

ずばり言うと、ひとさまの意見は「初稿が出来上がるまで」聞いては駄目だ。初稿の最中に助言を貰うと、自分の考えていた根多の軸がその言葉に動かされ、ぶれてしまい、完成まで行かないことが多い、というのが私の実感である。これが、初稿を書き終えた、推敲の段階ならば、ある程度は助言を求めることも良いが、初稿のうちでは厳禁だ。初稿のあいだの助言は、孤独な執筆作業中の不安を一瞬まぎらわせることにしか役立たない。それにすがろうとしたところで、書き出しだけの原稿、構想だけのメモ書きが溜まるだけだ。

もっと言えば、本当は、助言が欲しいのではない。単におのれの根多を褒めて欲しいだけなのである。耳が痛い。とても痛い。だが、本当のことだ。もし、助言を求めた時に、根多をけなされたりしたらどうするのか。まともに続きは書けなくなると思うのだが。

また、周りの人たちは良かれと思い「こういう案ではどう」などと、こしらえようとしている内容にまで踏み込んでくるはずだ。厳しいことを言うようだが、他人の案で、自分が評価されて嬉しいのか。ああ、ほんとに耳が痛い。

ここで、春風亭三朝師匠の「殿様いらず」のはなし。

この根多は、本篇は順調に書き進めたのだが、サゲがなかなか決まらないでいた。そんな時、友人に「今、こういうのを書いているんだけど、サゲがねェ」みたいに話してみたところ「こんなのはどうですか」と、サゲの案を出されたので、それをありがたく頂戴したのだが。

正直で、わがままな想いを言うと、いまだに何だか悔しいのだ。誰の案であれ、良いサゲが付き、面白い根多が生まれたのであれば、本当はそれで全然構わないのである。友人にも心から感謝している。ありがたいという気持ちに嘘はない。だが、落語作家の看板を掲げている以上、自分一人で書き上げなければ、という矜持もある。根多に詰まったからと言って、すぐに誰かに頼ろうという了見では駄目だろう。それでは腕は上がらない。どんな時でも、容易に、他人の力に頼るようでは成長しない。思い付かないところをどうにかしてひねり出すからこそ腕が上がるもの。

厳密に言うと「悔しい」のではない。安易に相談した自分を「恥じて」いるのである。

閑話休題。

初稿執筆中の助言だが、あてがき相手の落語家さんと相談する、というのならわかる。だが、それ以外とは駄目だ。ひとさまの言葉に頼り切りではいけない。助言を貫いたいのであれば初稿を書き終えてから。それまでは我慢だ。

ちなみに、根多が無事に完成し、台本を落語家さんに託した後であれば、誰がその台本に手を入れたとしても私はもう気にはならない。むしろ、それで根多が面白くなるのであればどんどん取り入れるべきだろう。作家の矜持などここではもはや不要。面白くなればそれで良い。誰の案であろうと、その根多がより良いものになればそれで良いのだ。

ならば、初稿執筆中の助言も必要なのでは、などと思うかもしれないが、私は、他の人の意見や感想を聞いているうちに、根多の軸がぶれてしまい、最後まで台本が書き上がらないことを恐れている。それだけだ。

「助言なんて要らない。手柄はみんな独り占め」

初稿完成まではこれくらい勝手で、不遜な了見でいるほうがはかどるのかもしれない。こういう考えであれば執筆中の孤独にも勝てる。口には出さないほうが良いと思うが。

十　野暮だからこそ粋が描けるはず

粋な落語とは何だろうか。

落語作りの際に、馬鹿馬鹿しい駄洒落を避け「どうせなら粋で、洒落ていて、機知に富んだ根多にしたい」と思うのはおかしなことではない。お客さまから「うまいこと言うねェ」と思われたい気持ちもわかる。だが「粋な落語が上で、野暮な落語は下」などと一概には言えないのではないだろうか。粋ならばそれで良いというものではないはずだ。粋の押し付けなどは野暮である。

そこでだ。落語における「粋」とは「野暮」とは何なのか。この章ではそのことに触れたい。

では、もう一度。粋な落語とは何だろうか。思うに、それは「簡潔なもの」である。

登場人物の台詞が、綺麗に磨かれ、刈り込まれ、洗練されている、そういうものが粋な落語だろう。だらだらと無駄に長いのは野暮だ。根多を思い付き、初稿を書き上げると、その後は推敲作業へと入るわけだが、その際、余計な台詞はとことん削る。冗長なものは極力短いものに変える。粋なものを書きたいのであれば、全てを簡潔にすることだ。余計な情景描写に凝らず、ぽんぽんと、テンポ重視で進められるものを目指そう。

とはいえ、単に、根多を短いものにすればそれで良いというわけではもちろんない。あまりに根多を削り過ぎると、お客さまが根多の筋を見失う。展開を追い掛けるので精一杯、では困る。何事も「ほどほどに」だ。説明不足にならないように気を付け、あくまで慎重に根多を刈り込むべきである。どの程度まで刈り込むかについては、あてがきをしている落語家さんの芸風や、その方向性に合わせたほうが良い。歌うように聴かせる人にはテンポを重視し、一人芝居のように演じる人には刈るのは控えめに。

私の好みで言うと、根多は長いよりも短いほうが好きだ。三十分を超える高座は正直なところ荷で、たっぷりと聴かせる人情噺でも刈り込んで欲しいと思う性質だ。もっとも、好みは人それぞれ。長講を頭から否定するつもりはない。ただ単に、私が短めな根多が好きなだけだ。

だが「粋な落語とは」と問われたならば、それはどうしても「簡潔なもの」と言わざるを得ないだろう。

では次に、粋な落語というのはどのようなものか、今度は内容の点から考えてみる。古典落語で粋なものといえば何か。私が、初めに思い付いたのは「あくび指南」だ。

あくびは、誰にでも出来る上に、役に立たないものであるが、そんなものをわざわざ習いに出掛けるヤツらの間抜けな稽古風景、顛末を描いた根多、それが「あくび指南」である。ここには落語の本質がある。

考えて欲しい。あくびを教わるほうも教えるほうも、両方ともどうかしている。そういう根多を一生懸命に稽古し、披露する落語家さんも、それに金を払い、わざわざ聴きに出掛けては、あははと笑うお客さまたちもどうかしている。どうかしているがその誰もが素晴らしい。あくびを習うのだ。実に豊かで、優雅ではないか。

このような感覚は、落語に興味が持てない人には到底理解出来ないものだろう。この「あくび指南」には教訓めいたものなど何一つない。落語なんて聴いて何か得でもあるの、などと言う人にはこの面白さはわからない。また、あくびを教わる、だけで楽しませてくれるのは恐らく落語くらいのものだろう。だから私は落語が好きだ。

この「あくび指南」の持つ粋、洒落の味わいは、小説など、落語以外の表現方法では出せない。映像化などもってのほかだ。落語だからこそ「あくび指南」は面白い。擬古典ものを作ろうとする時は、何かしら書き出そうとする前に「あくび指南」のことを思い出して欲しい。自戒を込めて言うが、どうせ落語を作るのなら落語でなければ楽しめない根多を目指したいものだ。難しいことではあるが。

この「あくび指南」の他に、粋で、洒落ている落語はまだまだ幾らでもある。例えば「酢豆腐・愛宕山・二階ぞめき・だくだく・蚊いくさ」などなど。何で「蚊いくさ」が入るの、と言われるかもしれないが「剣術狂いの八五郎が、自分の家を城に、蚊を城攻めの敵兵に見立て、籠城戦を挑もうとする」のは、私はある意味、粋で洒落ていると思う。

それから、野暮な落語と言えば、これはやはり一部の「人情噺」になるだろうか。もっとも、人情噺というのは、お客さまを泣かせる、感動させるようなものだけではない。人間の持つ黒い部分、普段は隠しているような汚い部分を、どろりと暴き出すという根多も含まれる。思うに、聴き手のこころを揺さぶるもの、それが人情噺である。

善人しか出てこない「井戸の茶碗」や、見事に人間の業を克服する「芝浜」から、まさに「因果」としか言いようのない大長篇「真景累ヶ淵」や、そこには絶望しかない「宮戸川・下」まで、どれも人情噺だろう。それらの中で、特に「泣かせる・感動させる」ような根多、成功譚はどうしても野暮になる。

努力や、苦労の果てに報われ、滂沱の涙、涙。そういう根多たちを全否定するつもりはないが、粋か野暮かと聞かれたら野暮と言わざるを得ない。

「努力すれば報われる・人は変われる・情けは人のためならず・立身出世・成長をしてこそ人間だ・心を入れ替える・感動の涙・人の絆・助け合い」

どれもが綺麗ごとである。だが、こういうものを次のように笑い飛ばしてしまうのが落語本来の姿ではないだろうか。

「努力しても報われないこともある・人はそう簡単に変われない・恩知らずばかりの世の中・昇り詰めたら後は落ちるだけ・いずれは退行するのが人間・馬鹿は死んでも治らない・悲しんでいないヤツのほうが人前では泣くもの・人間はどこまでも孤独・生きるためには手のひら返しも必要だ」

こういうものが落語の本質だという考えは、立川談志師匠が唱えた、いわゆる「落語は人間の業の肯定」理論である。落語は嘘をつかない。人間の本質をえぐるのが落語である。人間は本来駄目な生き物だと。人生というものが、そんなに報われないものだということを教えてくれる正直さが落語の魅力の一つだ。もっとも、成功譚は野暮ではあるが、それすらも描いてみせるのが落語の幅なのだが。

正直に言うと、私はこの、落語における成功譚が好きではない。主人公が幸せを手に入れて終わり、みたいな結末が嫌なのだ。聴いていても「嘘だよォそんなの」というような気分になる。全然合点が行かない。性格がひねくれているのだろう。だから「井戸の茶碗」のような根多はやはり嫌である。善人しか出ないなんて、そんな世界は私には居心地が悪い。ならば悪人しか出てこない根多を書いてみよう、みたいに感じてしまう。千代田卜斎、高木作左衛門の間で板挟みの清兵衛さんには、追い詰められ、何だかわからなくなり、古典「寝床」や「千両みかん」の番頭のように、ついにはどこかへと逐電して貰いたい。

「また小判でも飛び出したのか」
「いいえ。清兵衛さんが飛び出しました」

そんな、ひねくれものの私がこしらえ、落語家さんに手掛けていただいた人情噺は今までに三席ある。その中で、立川談四楼師匠宛の「松勘づつみ」と、林家たけ平師匠宛の「赤猫」の二席は、どちらも主人公が全て幸せになるような結末は迎えない。

「松勘づつみ」　主人公の松勘は、大水からふるさとを守る土手を完成させるも、私財を投じ過ぎたため、破産に追い込まれてしまい、夜逃げをする羽目に。

「赤猫」　幼馴染の女とその夫のおかげで、死罪から遠島になった千吉は、十数年後に罪を許されたが、島で医術に目覚めたために、まともな医者のいない島に残ることにする。

二席ともやや苦みのある幕引きにした。ちなみに、立川談慶師匠に宛てた人情噺「おのぼりの母」は、交じりけのない、幸福な結末を描いてみた初めての根多だ。そういう幕引きが談慶師匠には合うと判断し、真正面から挑戦して、成功したと自負している。いつも「おのぼりの母」のように、登場人物を素直に幸せにしてやれば良いのにと、我ながら思うが、そういう性分なのだから仕方がない。野暮なのである。もっとも、創作という、野暮なことにのめり込んでしまう了見の持ち主が、粋な人物であるわけがないだろう。

野暮だから落語が書けるのだ。粋人は落語など作らない。作る必要がいっさいない。落語をさらりと聴き、さらりと帰る。打ち上げは出ないし、たとえ出たとしても落語の話などしない。そこにいる誰からも望まれない、ひねくれた落語論などをぶんぶんと振り回したりなどしない。少しばかり自作の落語を披露しているからといって、落語作家を自称してみたり、擬古典落語論だとか、落語作家論みたいなものを一冊にまとめたりしない。

それでも、私はどこまでも野暮なので、落語を聴いて感じたことなどを人に話したい。他の人たちの考えも聞かせて貰いたい。打ち上げで落語の話を延々としていたい。世の中スイスイお茶漬けサクサク。これが粋というやつだが、私には無理だ。

そもそも、落語作家など野暮の骨頂である。古典落語に擬したものを自分でこしらえ、好きな落語家さんにあてがきをして、臆面などまるでなしにそれを披露して貰おうとする。こんなこと野暮でなければ出来ないことだ。

しかし、落語作家は野暮で良い。野暮なほうが粋を客観視出来るだろう。いわゆる「下戸は酒飲みの描写がうまい」理論だ。落語作家本人は野暮でも、作品に粋なところがあるのならそれで良いのではないだろうか。私の書いた根多が粋かどうかはさておいて。野暮で大いに結構、である。
だが、他人から言われると嫌な気持ちになるものだ。当たり前のことだが「井上さんはほんと野暮ですねェ」などと言われると腹が立つ。恐ろしいものでシラフでも世の中には次のようなことを言う人もいる。私には信じられない。

「子供のうちから落語に身近な東京人と、身近にない田舎者とでは感性に差が付く」

私のふるさとは新潟である。田舎者と言われたら田舎者には違いないだろう。確かに地方に住んでいると生の落語に触れる機会は少ない。経験不足は素直に認めよう。これは私もそうなのだが、地方人は滅多に寄席に行けないので、たまに出掛けると気合いが入り過ぎ、へんに意気込んでしまう。前のめり過ぎるのだ。一言一句聴きもらさないようにと力んでしまう。生の落語を一席でも余計に聴きたいので、落語家さんたちの漫談を嫌いがちだ。野暮だ無粋だと言われても仕方がない。
地方出身というのが、落語作家としての欠点・弱点に繋がるということも実際にある。具体的に言うと、私の弱点は「江戸・東京の土地勘がない」ところだ。古典「富久」での「浅草から芝」の距離感が、知識としてはわかるが感覚としてはわからない。同様に「黄金餅」の言い立ての「下谷山崎町」うんぬんも、どれほどくたびれるものなのか実感がない。やはり実際に歩いてみないと駄目なのか。また、地名を聞いても、そこの町がどういう雰囲気の場所かわからない。どこそこなら下町で、どこそこならお屋敷町で、というのがあくまでも知識だけで、実感がどうしても伴わない。

東京落語は本質的に東京人のための芸能、という考えもわかる。確かにそうだろう。そうだとしても、感性に差が付いたとまでは思わない。生まれ育ちよりもその了見こそが大切なのでは。ことさら「自分は東京生まれだから」と主張し、私のような非東京人たちを馬鹿にする輩は、これが案外多いのだ。なのに彼らはたいていが野暮で、洗練された都会人の了見の持ち主などとはとても思えないのである。なぜだろう。

生まれ育ちにすがるしかないというのは、当人に誇るべきところが何もないからである。とはいえ、この人は本当の東京人だなあ、と思える人には素直に憧れてしまうものだ。そんな、粋で洒落た人・物・了見などに対する想いのようなものが、粋で洒落た落語を作りたいと、私に思わせているのかもしれない。なんだかんだと言いながら、やはり私は東京と本物の東京人たちに憧れ、惚れているのだろう。

おしまいに粋な小噺をひとつ。

「姐さん粋だね」
「あたしゃ帰りだよ」

十一　風刺はどこまでも慎重に

落語作家の先駆け・益田太郎冠者先生は、男爵・益田孝の次男で、本業は実業家・政治家だが、落語や喜劇の台本を多数執筆し、流行歌の作詞を手掛けるなど、多方面において、その才能を発揮した粋人である。

ここではまず、太郎冠者先生の落語作家としての代表作の一つ「かんしゃく」について述べてみたい。では、そのあらすじ。女房・使用人たちなど、家の者たち全てに口うるさくケチを付ける旦那との毎日に耐えられないと実家に帰ることにした女房だが、父親の助言で、旦那が何一つ怒れないほどに家の中の整理整頓を完璧にする。

この根多の冒頭。仕事を終えて帰宅した金持ちの旦那が、家の者たちに次から次へと難癖・注文を付け、怒りを爆発させるのだが、この場面での旦那は延々と文句を言い続けるのになぜか聴いていて不快ではない。不思議と笑えるのだ。

この種の演出は結構使える。笑える話のはずなのに不思議と悲しい、とか。怖い話なのになぜだか面白い、とか。現役最高峰の落語作家・小佐田定雄先生の代表作「幽霊の辻」がこれである。怒ることで笑わせる「かんしゃく」の演出は、落語家さんが「滑稽に」怒るから笑えるのであり、本気で怒る演出にしてしまうとまず笑えない。古典の「小言念仏」などもこれと同様だ。

落語家さんが、滑稽な調子ではなしに普通に怒るように表現してしまうと、お客さまはまるで愚痴を聞かされている気分になるので要注意である。あくまでも滑稽に怒るように。落語家さんの腕と愛嬌頼みの演出だが、これは実に使える。

また、この「かんしゃく」は、前半部分では、女房や使用人たちが、家の整頓が出来ていないなどの理由で旦那に怒られるが、後半部分では、それらの失敗を全て改善したために怒られずに済む。これは前述した「おうむ返し」構成だが、一般的なおうむ返しが、成功者の真似をして失敗するのに対し、この「かんしゃく」は、失敗を踏まえて成功する、という珍しいカタチだ。

このように、落語でありふれている演出を少し変えてみるだけで今までにない根多になる。お客さまの予想を「良い意味で」裏切ろう。驚きと笑いが生まれる。

さて次は、太郎冠者作品「宗論」について。

あらすじはというと、大旦那と若旦那の信じる宗旨が違うために、どうしても口論が絶えない大店。大旦那は仏教、若旦那はキリスト教である。若旦那は外国人宣教師のような片言の口調で、能天気に賛美歌を歌い、今日も大旦那と大喧嘩に。これは危うい根多である。宗教を笑いの題材にするのはやはり難しい。こちらは洒落のつもりで書いた根多でも、お客さまがそれを本気で受け止めれば苦情が来る。

かつて私が、これまで一度も落語を生で聴いたことのない、敬虔なクリスチャンの友人を連れ、寄席へと足を運んだ際に、たまたまこの「宗論」が口演された。友人は怒らなかったが笑いもしなかった。信仰を茶化される、いじられるというのはやはり嫌なものなのだ。このことはいまだに忘れられない。そんな体験のせいなのか、私は「政治・宗教」の根多は作らないつもりでいる。もし作るとしたらどこまでも慎重にして、お客さまから苦情の出ないようにしなければまずいだろう。もっとも、そんな毒にも薬にもならないような根多が笑いを生むのかどうかはわからない。風刺だからそれでも良いのでは、という開き直りも出来ないわけではないが。

さてこの風刺、これが案外厄介なのである。落語家さんに風刺を求める人たちは結構いる。それは、おのれの主義主張こそが正しいと信じてやまない人たちに多いように思える。そういう人たちは、落語家さんがマクラで政治の話をするとやけに喜んで褒めちぎる。洒落が効いているねェ粋だねェ風刺だねェなどと嬉しそうに言う。打ち上げはその手の話でもちきりだ。

ところが、そういうふうに歓喜するのは落語家さんが自分たちと同じ意見の場合だけ。反対の意見だと「失望した」や「高座でそんな話するな」で終わり。落語家さんが、自分と同じ考えだと粋だの風刺だのと持ち上げ、違う考えだと怒るのは如何なものだろう。つまりだ。そういう人たちは本当の意味で落語家さんに風刺を求めているわけではない。ただ単に、落語家さんが自分たちと同意見なのを喜びたいだけなのである。おかしな話である。

おのれの主義主張と同意見の人の話を聞き、心地良くなりたいのであれば、寄席や落語会に行くのではなしに政治集会や信者の集まりに行くべきだろう、と、このように述べるだけでも怒る人はいる。だからこの手の話は厄介なのだ。どのような御仁でも「政治・宗教」に関しては、なかなか

「洒落・冗談」が通じないものである。

とはいうものの、私は、落語家さんたちが「政治・宗教」について触れてはいけない、などと考えているわけではない。高座の上から自分の意見を述べることは自由だ。それは誰にも止められない行為だ。


「噺家は世情のあらで飯を食い」


そんな昔からの言葉もある。

ところで、太郎冠者作品に「堪忍袋」という根多がある。どんなものかというと、揉めてばかりいる夫婦が、堪忍袋を作り、互いの不平不満全てをその袋の中に吹き込むことを勧められ、実践したら喧嘩が止んだ。これが周りに知れ、近所の連中も不平不満を堪忍袋に吹き込みに来るように、というはなし。

この落語は、自分の意見、思想信条などを根多の中に容易に入れられるものである。登場人物たちが堪忍袋の中へと吹き込む愚痴・小言に演者の想いが託せるからだ。

それにしても、これからの時代、作家も、落語家さんも、自分の主義主張などを公言するという動きが、どんどん進んでいくのだろう。そして、その意見を支持・共感するお客さまだけを相手に生計を立てる世の中になるのだろう。真面目で、誠実な人が増えた。いや、真面目で誠実さが求められる時代になった、と言うべきだろう。破天荒な生きざま、キツめの洒落は敬遠され、もはや何事も冗談ですまされない。作家も、落語家さんも常識から逸れてはいけない。非常識などもってのほか。そういう御時世。がんじがらめの時代である。

笑いよりもコンプライアンスを守ることが最優先なのだ。何も、そのことが嫌だというわけではない。どちらかといえば、この私も、洒落が通じない性格の持ち主である。好き勝手やらせろなどという手合いでもない。常識の範疇から徹底的に逸れた、反社会性の強い根多を作れない性質だと思う。たぶんそうだ。

私は、落語の世界に常識を持ち込むのは構わないが、政治や宗教など、洒落が完全に通じないものまで取り扱おうというのはさすがに嫌なのだ。落語の世界にいる時くらいは世俗を忘れたい。落語が世俗を描いたものというのは百も承知だが、落語というこの素晴らしい話芸を、何かの主義主張を訴える道具に利用しないで貰いたいのである。勘違いされやすいが、特定の意見、思想信条に肩入れするような根多は、それはもはや風刺ではない。ただの「プロパガンダ」である。私の大好きな落語を、勧誘に使わないで欲しい。そんなもので汚さないで欲しいのだ。だが、落語を利用し、高座からプロパガンダをしている人は結構多い。それも仕方ないのかもしれない。ただ、これだけは守り抜いて欲しいことが一つ。高座でどんな話を展開しても構わないが。

「最後は笑いに変えて欲しい」

自分と思想信条が一致しない落語家さんの会は、なかなか楽しめない。マクラで延々と自分とは反対の考えを聴かされ続けるのは相当つらいものがある。反論が出来ない状況で、ずっと悪口を言われているようなもので、これほど冷えるマクラはない。

ただ、そんなプロパガンダも、その落語家さんの独演会や勉強会でやるのであれば許せる。それはもう、そういうことを喋りたい人と、聴きたい人たちの集まりなのだから、まぎれ込んだ自分が悪いと諦められる。苦情も言わない。二度とそこに行かなければ良いだけの話である。

困るのは寄席でプロパガンダをやる人。それは駄目だろう。自分のお客さま以外の、自分と価値観を共有できない人たちもいる寄席という世界で、一部のお客さまだけを相手にするような高座では聴いていいてあまりにも悲しい。

私も気を付けなければいけない。全てのお客さまたちを笑わせるのは不可能だが、おのれとは了見の違う人を置き去りにするような根多を作るのは、避けるべきではないだろうか。落語は「青年の主張」ではない。現代ものだろうと擬古典ものだろうと、最後は笑いに変えて欲しい。何べんでも言うが、落語における風刺ものは、そこが肝心なのではないだろうか。これだけは踏まえて貰いたいのである。

さて、そんな私も、一度くらいは風刺ものを書いてみたいと考えていたのだが、それを叶えてくれたのは立川談四楼師匠。師匠に「山吹色」という「賄賂」を主題に据えた根多をあてがきで書かせていただいた。

どんなものかというと、儲け抜きで取り組んできた大きな仕事を、よそに取られてしまった店の主人が、老中に賄賂を渡すことでその仕事を取り戻そうと考えるが、賄賂の渡しかたがわからないので詳しい人に教わろうとする、という根多。書き上げてみて思うに、風刺というよりはドタバタの滑稽噺だ。それは、賄賂肯定派のお客さまと、否定派のお客さまとの両方に配慮して根多をこしらえたからだろう。

ドタバタの滑稽噺としては成功していると思うのだが、風刺の味わいはやはり薄めだ。風刺ものの色合いを強めたいのであれば、賄賂の肯定派・否定派の両方から嫌われる根多にしなければならない。例えばだ。この賄賂の授受が、幕府を揺るがす大疑獄事件にまで発展。店は潰れ、老中も失脚。その代わりに清廉潔白な連中が要職に就くものの、それしか取り柄がないという無能揃いで、ついには徳川幕府が滅亡、みたいな。地噺なら作れそうだが、一体誰がこのような根多を演るのか。お客さまたちはこれを楽しめるのか。正直謎だ。

この「山吹色」執筆時に学んだことがもう一つ。現代社会の問題・時事ネタなどを、擬古典ものに置き換えてやると結構簡単に風刺ものが作れる。嫌いな手口ではあるが。

どういうものか具体的に言うと、まずは、与党批判の根多をこしらえてみよう。総理大臣をある藩の殿さまに、幹事長を国家老、官房長官を側近にして、雑誌・テレビなどで話題のゴシップをクスグリにして使えば、与党を批判する立場の人たちにはウケるだろう。

「一体どうするおつもりなんですか。殿ォ」

「しっかりと全力で検討しております」

「あ、やらないいんですね」

次は、野党批判の根多をこしらえてみる。総理大臣を将軍に、野党たちを御三家にし、インターネットなどで話題のゴシップをクスグリに使えば、野党批判の立場の人たちにはウケるだろう。

「上さまであろうと言わせていただきます。将軍職が激務とは言いましても、あまりにも休みを取り過ぎではございませんか。このことについて納得の行く答えをいただくまで、それがし登城を差し控えさせていただく……そう言って、あやつら将軍である余よりも休みを取る。どこその野党とおんなじだ」

この程度ならば簡単に作れる。私はごめんだが。それならばどうこしらえれば良いのか。

「風刺というのは、自分と違う意見、思想信条を持つお客さまが聴いても苦笑してしまうようなな、悔しいが笑うしかない、なかなかうまいことを言うもんだなと思い、怒ることの出来ないような根多。古びない主題であればなおよし」

こんなところだろう。あとは、落語の風刺ものの大傑作「ぜんざい公社」を聴き、構想を練る際の参考にして欲しい。

そのあらすじ。甘味である「ぜんざい」を国が売る、ぜんざい公社というものが作られ、主人公がそこを訪ねる。ところが、ぜんざいを食べるだけだというのに、住所氏名・年齢・職業・家族構成を聞かれたり、健康診断を要求されたり、様々な窓口をたらい回しにされたりするなど、いわゆる「お役所仕事」全開。何とかぜんざいを食べられたものの、そこには肝心の砂糖が入っていない。主人公が文句を言うと、お役人がひと言「甘い汁はこっちで吸いました」と。どうやら、この「ぜんざい公社」のような社会風刺のほうが、政治風刺よりも落語に合うようである。

それでも「政治・宗教」をいじりたければ、おのれの発言の責任をいつでも取る覚悟が必要だろう。落語家さんを炎上させて自分だけは逃げないように。

十二　古典がうまい人は新作もうまい

擬古典の名作の中から、擬古典作りの際に、参考になる根多の、その勘どころを幾つか挙げてみる。既に取り上げた「堪忍袋」や「試し酒」などは外してあるので御容赦を。

「代書」四代目桂米團治師匠・作

履歴書を書いて貰いに来た客に、代書屋は「本籍は・現住所は・名前は・生年月日は」と、次々に尋ねるが、それに対する客の答えはトンチンカンなものばかりで、書いてもすぐに直さなければならない羽目に……。

学究肌である四代目の桂米團治師匠が、実体験を元に作り上げたもので、現在でも手掛ける落語家さんの多い根多だが、このはなしには、落語家さんの自分なりのクスグリが入れやすい。工夫しがいのある根多だろう。

それでは、この「代書」を用いて「自分ならこうする稽古」をしてみる。細かい箇所はさておいて、あくまでもあえて大きく変えるとしたら。例えばそう。根多の終盤で、履歴書の男の「女房」を出してみるというのはどうか。

現在この「代書」を手掛ける落語家さんは、代書屋の客には、履歴書を書いて貰いに来た男、この男しか出さない人がほとんどだろう。この男、とは、三代目桂春團治師匠版ならば河合浅次郎。桂枝雀師匠版ならば松本留五郎。この履歴書の男と、代書屋のやり取りだけ。

だが、四代目米團治師匠版では、履歴書の客以外に「書家の老人・渡航証明の男・丁稚」なども登場する。それを踏まえて考えれば、履歴書の男の女房を出しても問題ないだろう。ろくに履歴書も用意出来ない亭主に呆れた女房、代書屋に「代書屋さん。あたしにも一つ書いて下さい」「履歴書をですか」「いいえ……離縁状」。いや違う。これでは履歴書の男を否定することになる。あれほどまでに楽しい人物など、落語の世界にもそうそういない。この根多は、最後まで楽しいままで終わらせたいので、そこのところは譲れない。

そもそもだ。あの亭主に長年連れ添ってきた女房である。亭主と同じくらい底抜けな大物のほうが面白い。例えば、女房が代書屋に「あたしにも一つ書いて」「履歴書をですか」「いいえ。実はここに来る時に、道に迷っちゃってねェ……帰りの地図書いて」。こんなところか。

さて、この根多は、クスグリの連続で展開する形式の極致と言える。しかも枝雀師匠版では、この落語の舞台がいつ頃なのかをぼかしてある。時代設定をぼかすことで、お客さまたちを笑いだけに集中させているのだ。お客さまたちをただただ笑わせる。そのことだけを求めたのだ。笑いというものをどこまでも追い求め続けた枝雀師匠らしい。そのおかげで「代書」は進化した。

・何を頼みに来たのか
・本籍はどこか
・現住所は
・名前は
・生年月日は

・学歴は
・今までの仕事は
・本業は

これらの代書屋の問い掛けに、履歴書の男は、次々とゆかいな答えを言い続ける。それはもはや大喜利のようでもある。そのつもりで考えてみて欲しい。自分ならどうするのか。これ以外の質問を用意するという手もある。笑わせるだけの根多は、季節の味わいだとか、人情の機微などというものがいっさいない。笑いのみで勝負をしなければならないのだ。だからこそ難しい。この種の落語は、クスグリが不発続きだと救いのないことになる。物語の展開でお客さまを楽しませることが出来ない根多なので、クスグリの切れ味だけで勝負するしかない。実に大変なのだ。

ちなみに、前述した、柳家一琴師匠宛の擬古典「うぶだし屋」という根多なども、この「代書」のようにただただ笑いに特化したものへと改変することが出来る。蔵の中からどんどんガラクタばかりが出てくる、それだけの根多に。家の蔵の中に金目のもの、掘り出しものが、何かないだろうかと道具屋を呼んではみたものの、出てくるのはどれもこれも価値のない物ばかり。

「道具屋さん。てことは、ここにあるのみィんな二束三文なのかい」
「二束三文なら良かったんですけどねェ」

「何だいそれ」

「三文どころか一文にもなりません」

「そうかもしれないよ。本当にそうかもしれないけどねェ。ガラクタとは言えこんなにあるんだ。こんなにあるんだから、ほんとに少しで良い、ほんの気持ちで良いから幾らかで引き取って貰えないもんかねェ」

「こんなの屑屋でも断りますって」

「そこを何とかさァ」

「では大負けに負けてこれでどうです」

「指一本って幾らだよ」

「一両です」

「え、そんなに」

「捨てる手間賃に一両ください」

これは使えるかもしれない。根多下ろしの後は、託した根多は基本的に落語家さん任せになるのだが、落語作家は、おのれが生み出した根多をいつまでも気に掛け、心の中で推敲を続け、時には落語家さんに「こうしたらどうでしょう」と提案すべきだ。嫌がられるかもしれないが。

落語家さんに全て託したとはいえ、自分でこしらえた作品たちは我が子のようなもの。また、その提言が再演に繋がることもある。

「そうか。そう変える手もあるなァ……ようし。久し振りに掛けてみようか」

こういうこともあるから人生は面白い。やはり、落語作家の看板を掲げている以上は、どんな時でも心の片隅に、落語について、根多について考えるゆとりを空けておくべきだ。私は、ぽんぽんと落語の種が出ない性質なので、空き時間が出来た時には出来るだけ、落語や、自分の根多のことについて考えるようにしている。そうでもしないと世の才人たちには追い付けない。才能がないんだから努力だけはしないと駄目。私は、自分にそう言い聞かせている。

落語を作るようになってからというもの、電車待ちで退屈したことはほとんどない。

「一文笛」桂米朝師匠・作

一流のスリが、自分の幼い頃の境遇に似た貧乏な子供のために一文笛を盗み、子供のふところへと放り込んだせいで、その子は盗みの疑いを掛けられ、しまいには井戸に身を投げて人事不省に。その話を兄貴分から聞かされたスリは……。

四代目米團治師匠の弟子で、上方落語中興の祖である桂米朝師匠がこしらえた作品である。明治期の上方を舞台にしたこの新作、大いに笑わせて、泣かせて、驚かせて、最後はギャフン。これほどまでに盛りだくさんなのに少しもその筋立てに無駄も無理もない。演出次第で人情噺にもなれる名作だ。この根多は、次の場面が秀逸。

「しかし五人も六人も腕利きのスリが集まって、わしの腰のものを抜くことがでけなんだとは、まあ悪い気もせんな。あの煙草入れ、あれだけ使うて十円で売れたら損でもないがな、なあ。思わんことに、今日は十円てな金が入った……あっ、財布がないっ」

「……どや、みな、仕事というもんはこういう具合にせなあかんのやぞ、お前ら」

爆笑と共に場面転換をするここの見事さ、鮮やかさに脱帽。ここでドカンとウケる。

今さら言うまでもないが米朝師匠はやはり凄い。自ら作り上げた「一文笛」も、落語作家から託された「まめだ・除夜の雪」も、その全てが素晴らしい。そうなのだ。古典をやるのがうまい人は新作をやるのもうまい。

私が、普段は新作をやらない落語家さんに、ためらいいっさいなしに、擬古典の口演を勧めるのは、古典がうまい人は新作を手掛けてもうまいと信じているからだ。古典も新作も、共に落語である以上、古典の技術は新作をやる時に活かせる。擬古典ものであればなおさらだろう。

「加賀の千代」橘ノ圓都師匠・作

大晦日に借金の支払いに苦しむ甚兵衛は、女房に教えられ、普段から仲の良い隠居のところに銭を借りに出掛ける。仲が良いとはいえ、すんなりとは貸して貰えないだろうと考える甚兵衛に、隠居はすぐに銭を用意しようとする……。

古典落語と思われがちだが橘ノ圓都師匠の作。甚兵衛の愛されぶりで和ませる、ただそれだけで一点突破している根多だが、それが悪いわけではない。寄席向きの落語とはそういうもの。

寄席で掛けて貰えることを目標にした、そんな根多を作りたいとは思うものの、そういう単純な根多ほど書くのは大変だ。何しろ「良い人が銭を借りに行く」だけできっちりと笑わせなければいけないのだから。物語の展開で楽しませる長めの根多のほうが、正直なところ作りやすい。クスグリもたくさん入れられるし、お客さまが満足するくだりを幾つも用意出来る。短めの、単純な根多ほど作るのは難しい。こしらえてみればわかる。寄席向きの根多の凄さというものが。

「さんま火事」初代林家正楽師匠・作

大家のところに店子たちが押し掛け、けた外れのケチで有名な地主の悪口を言い、愚痴をこぼす。長屋の連中で地主をこらしめようとするが、どうしても向こうが一枚上手で大失敗。それならばと大家が店子たちにある知恵を授ける……。

紙切りの初代林家正楽師匠による作品。初代正楽師匠は文才があり、五代目の古今亭今輔師匠の代表作の一つ「峠の茶屋」も正楽師匠の作である。

それにしても、古典落語にはケチの根多が多い。江戸時代からケチは鉄板だったのだろうか。もちろん現代でも、ケチは落語の題材に充分なり得るものである。どこにでもケチな人はいるし、自分自身がケチだという場合もあるだろう。こういう身近なことを題材にするとお客さまのウケも良い。忘れてはならないことだが、擬古典ものが江戸や明治を舞台にしていても、それを現代のお客さまに楽しんで貰う以上、あくまでも根多の主題というものは、現代人に通用するもの、共感されるものでなければならない。誰を楽しませるために落語を作るのか。このことを常に意識していなければ駄目なのだ。

ただ、ケチの場合、それを取り上げた古典落語が既にたくさんあるので、似た根多にならないようにとことん気を遣わなければいけない。今、改めてケチの根多を作る理由がきちんとあり、新しい切り口のものでなければ、手垢のついた題材のもの、語り尽くされた感のある主題のものなどは扱わないほうが良いだろう。

「すててこ誕生」八代目林家正蔵師匠・作

乞食から買い上げたステテコ踊りを武器に、爆発的に売れた初代三遊亭圓遊。あまりに売れ過ぎたその珍芸を認めない周りの落語家たちが、圓遊の師匠である三遊亭圓朝に、圓遊を破門しろと押し掛けてきて……。

この「すててこ誕生」は、そのマクラが、昭和の落語界の大看板が駆け出しの頃の思い出ばなしで、なおかつ主人公が落語家さん、しかも本篇が地噺、ということもあり、芸談の延長のように思われる根多なのだが、それがまた楽しい。正蔵師匠の語り口がまさに絶妙なのだ。この味わいが作家に出せるのか。あてがきでも難しいだろう。だが、どうにかして出したいものである。

正蔵師匠は古典ひとすじと思いきや、この他にも「年枝《ねんし》の怪談・二つ面」を自作したり、小説家による新作、いわゆる「文芸もの」などにも積極的に挑戦している。その試みは評価され、平岩弓枝先生の手による「笠と赤い風車」で、芸術祭奨励賞を受賞。そのあらすじはというと、主人公の常吉は、母と血の繋がりがないと知らされて以来、優しい母に対して何かと反発し、悪い女とも付き合うように。女房・家庭を持たされても悪事の止まない常吉が、母の持つ十五両に目を付けるという母の愛を題材にした人情噺である。

私はこの根多の幕切れが大好きなのだが、これは正蔵師匠作とのこと。これまた味わいが素晴らしい。新作のサゲを記すのは仁義に反するので詳細は書かないが、普通にあれを言うだけならば、下手するとサゲが効かない恐れもあるだろう。だが、二度目のあれを一度目よりも力強く言うことで見事に印象的な幕切れにし、サゲとして成立させている。どこか不思議な余韻があるのだ。何が何だかわからない人は、この根多の音源を探していただきたい。そういうことかと納得するはずである。

十三　作者が消えて古典に

「まめだ」三田純市先生・作

歌舞伎役者が、仕事の帰り道でまめだ（豆狸）にイタズラをされる。それに怒った役者はまめだをこらしめる。するとその日からずっと役者の実家である薬屋で不思議と一銭の勘定が合わなくなり、その代わりに銀杏の葉が銭箱の中に一枚入るように……。

作家の三田純市先生の作品で、桂米朝師匠の持ち根多だが、まめだがあわれで実に切ない。舞台が秋だというのもその物悲しい幕切れにぴたりと合う。聴いていて情景が浮かぶのだ。サゲも洒落ていて思わず泣き笑い。まさに傑作である。あっさり、さらりとした味わいなのだが、だからこそ哀しみが増す。こういう根多をへんにお涙頂戴でやられると醒めてしまうが、その点、この「まめだ」は尺の長さもほどが良い。

ところで『米朝落語全集 増補改訂版』の中の、この根多の解説で、米朝師匠は次のように述べている。

「私は新作をやる場合、落語の演題の肩書に作者名をつけることになんとなく抵抗を感じるのです。(中略)作者名がついていると……ことにそれが有名な小説家であったりするとなおのこと、プログラムを見た時に、一つの雰囲気と言いますか、なんらかの既成概念が聴客の頭につくられてしまいます。それは落語という芸の場合、マイナスに作用することが多いと思うのです。(中略)三田純市作の新作落語と特にうたわれなかったら、これは珍しい古風な味のある、古くから伝わった落語としてお客は聴いてくださることでしょう」

つまり「新作と言われなければ、擬古典ものは古典と同じようにお客さまに普通に聴いていただけるのに、作者の名前を付けてしまうと、古典と同じようには聴いて貰えない」ということ。やはり、原作者の名前が付いているうちは、擬古典は古典になれないのだろう。

前述したように。

「作者が忘れられて初めて古典になる」

おのれの根多の古典化を望むのであれば、匿名で発表したほうが良いのかもしれない。私も、そのことは充分に理解している。落語作家はあくまで「裏方稼業」であり、落語家さんたちを差し置いて、脚光を浴びるような真似は本来すべきではない。それも重々承知しているつもりだ。

だが、自分の根多が口演された時、会の終演後に貼り出される「演目一覧」の、自分の根多の横には、やはり私の名前も添えて貰いたいと感じてしまう。

米朝師匠の言うことは良くわかる。何べんでも言うが、作者の名前が付いているうちは擬古典は古典になれない。擬古典落語の「擬」の字は落語作家のことだ。作家は古典化の邪魔なのだ。心からおのれの根多をお客さまに古典として聴いて貰いたいのであれば、落語作家は出来るだけ目立たずに活動しなければならない。自分で落語会を開いたりなどもってのほか。覆面作家に徹するべきなのだろう。

そんなことは全部理解している。だが、頭では理解していても、心ではそれはさすがに残念だと感じてしまう。どうしても、どうしても感じてしまうのだ。親が子離れをしなければならないように、落語作家も根多離れをしなければならないはずなのに。作家が親で、作品が子供ならば、生んだらすぐに「捨て子」にしなければならない。育てるのは落語家さんとお客さまだ。だが、そこまで割り切れるものではない。承認欲求を消すことはなかなか困難である。

「真二つ」山田洋次監督・作

江戸から田舎に来た男が、百姓のうちで魚切丸と呼ばれる切れ味抜群の刀を発見する。この逸品を価値のわからない百姓から、何とか安い値で譲り受けるが、へんに気を利かせた百姓のせいで魚切丸は池に捨てられ……。

映画『男はつらいよ』の山田監督の作品。監督はこの他にも「頓馬の使者・目玉・まむし・雉《き》子《じ》」と題した根多を発表しているが、そのどれもが滑稽噺というところが素晴らしい。落語とは別の分野で名をなした人たち、例えば小説家などが落語を作ると、どうしても人情噺のようなものを書きがちである。滑稽噺に取り組もうという人はなかなかいない。たとえ滑稽噺に挑戦しても、落語家さんによる実演を前提としていない読み物が出来上がる。そんなものとは違い、山田監督の根多は実演を意識した即戦力の物ばかりである。それもそのはずで、監督はこれらの根多を、五代目柳家小さん師匠や、柳家小三治師匠へのあてがきでこしらえている。凄いことである。さすがは子供の時分から落語に親しみ、落語を題材にした映像作品を幾つも作り上げてきた監督である。お客さまをおのれの落語で笑わせることにこだわる。これはなかなか出来ることではない。

ところで、この「真二つ」で興味深いのは、百姓家の周りの景色などを主人公の台詞で描写させているところだ。

「いい天気だなァ……青い空に真っ赤に熟れた柿がぶら下がってるとこなんざ、絵のようだ。漬物にするんだな、大根がズラズラ並んでやがる、白さが眼にしみるようだ」

握り飯を食べるくだりも同様である。これらの情景描写は、作家・批評家の安藤鶴夫先生が三代目桂三木助師匠に、古典「芝浜」において夜明けの空の色合いを丁寧に描写させた、あのくだりと似ているように私には思える。

「あァ、ぼおゥッと白んできやがった……あァ、いい色だなァ、ええ？　よく空色ッてえとあの青い色一と色なんだけどねェ、青い色ばかしじゃァねえや、白いようなところもあるし、なんかこう橙色みてえなところもありゃがるし、どす黒いところもあるし、あァ、いい色」

私は正直このくだりが好きではない。あまりにも「色彩の描写」が鮮やか過ぎて、根多からそこが浮いてしまうからだ。何と言うか。

「三木助師匠の向こうに作家の存在が透けて見える」

これだ。同じものを、山田監督の「真二つ」の「青い空に」のくだりに感じてしまう。

私ならば、この百姓家の色彩のこだわり描写は、全てはぶいてしまうが、監督はここは絶対に切らないだろう。むしろ聴かせどころと考えていると思う。賛否は分かれるだろうが、落語にこういう美を求める辺り、監督はやはり映像の人なのだ。うまいとは思うが、鮮やか過ぎる。

どちらが良いのだろうか。それは、作家には決められない。決めるのは、これを手掛ける落語家さんであり、その高座を味わうお客さまだ。正解というのは落語家さんごとに違うものであり、高座のたびに変わるものでもあり、現場でしかわからないものである。

「猫と金魚」田河水泡(執筆当時は高澤路亭)先生・作

金魚が隣の猫に食べられるので、旦那は番頭に猫から金魚を守るように色々言い付けるが、番頭はまるで役に立たない。怒り心頭の旦那は猫を追い払うために、腕っぷしには自信のある寅さんを呼び付ける……。

落語作家として世に出た後、ひょんなことから漫画を描き出し、一九三一年に連載を開始した「のらくろ」が爆発的な人気となった漫画家・田河水泡先生の作。初代の柳家権太楼師匠や、橘家圓蔵師匠などが得意とし、現在でも演り手の多い根多だが、冒頭の「どういうわけで金魚がちょい無くなるんだい」「いや、私は食べません」からしびれるほどに面白い。見事なつかみだ。

もっとも、冒頭にこのつかみを入れたのは、田河先生ではなしに初代権太楼師匠らしい。これはいわゆる「落語作家あるある」だ。落語作家が、お客さまから「あそこのくだりは面白いねェ」と褒められるも、そこは落語家さんが考え付いた箇所。あるある。こういうことは本当に良くある。

とはいえ「私は食べません」は田河先生作。使われているところがつかみの位置よりもほんの少し後である。

田河水泡先生版のつかみ

「あ、また来た、あの猫だ、シーッ。困るねえ。番頭さん、ちょいと来ておくれ」

「はあ、また猫ですか」

「そうなんだよ。庭の縁側に金魚鉢を置いておくと、あの猫が来て金魚をねらうんだ。それも野良猫かなんかなら、水でもぶっかけて追っぱらうが、あれはお隣りでかわいがっている猫だから、手あらなこともできないしなあ」

「石をぶっつけてやりましょうか」

「当たり所がわるくて死んだりしたら、申しわけないし」

「なあに、死にゃあしません。こぶができるぐらいのもんです」

「猫にこぶができるかい」

「できるでしょう。猫にこぶんといいますから」

初代柳家権太楼師匠版のつかみ

「ちょっと番頭さん来ておくれ」

「お呼びになりましたか」

「お呼びになりましたかじゃないよ。呼んだから来たんでしょう。私はね、こんなことを言いたくはないけれども、この縁側に出ている金魚はね、私は三年からもう可愛がってるんだよ。それがちょいちょいなくなる。今朝起きて見ると、一番大きな金魚が二尾いなくなってる。どういう理由で金魚がちょいちょいなくなるんだい」
「イヤ、私は食べません」

根多の冒頭からつかみまでを引用したが、田河先生のはどこかのんきで、とぼけた味わいのする雰囲気である。それに対し、初代権太楼師匠のは旦那が既に腹を立てていて展開が早い。このように原作・台本と、実演・速記を比較すると学べることが多い。あらゆるものを参考にしよう。

「江戸の夢」宇野信夫先生・作

俳句の好きな庄屋とその女房が、江戸見物に行こうとする。家は娘と婿の藤七がいるので、夫婦は安心して江戸に出掛けられるのだ。その旅立ちの前、婿の藤七が、自分のひいた茶をどうかある人に届けて欲しいと言い出して……。

歌舞伎作家のかたわら、三遊亭圓生師匠にはなしを提供した宇野先生による人情もの。
登場するのが「俳句・お茶・庄屋の夫婦」で、地味なこしらえの根多だが、聴いているうちにその世界に引き込まれてしまう。特に、幕切れが哀しい。しみじみとした余韻が味わえる一席だ。

この根多は、原作においては、特にサゲらしいサゲが付けられていないが、幕切れの余韻は素晴らしいものがある。この味わいを壊さないように気遣いながら、圓生師匠がサゲを付けた。地口だが良いサゲだと思う。いや、サゲが地口だから良いのかも。ほどが良いのである。

これは「せつない結末」を味わう根多だ。最後に笑いの多いサゲを付ける必要はない。わかりづらい考えオチを付けて「え、どういうこと」とお客さまを惑わすことも避けたほうが良い。地口で「ふふッ」と笑うくらいで良いのだ。おかしなサゲを付け、根多を壊してはいけない。

この根多の他にも、宇野先生は「小判一両・心のともしび・鶉衣《うずらごろも》・大名房五郎」など、擬古典を幾つも圓生師匠に託した。また、五代目古今亭今輔師匠にも「霜夜狸」などを提供している。

「いろがたき」冨田龍一先生・作
金持ちの百姓・村さんと、田舎から出てきたうぶな若侍・梅さん。二人は遊女の佐香穂《さかほ》が縁で知り合いになる。村さんは自分が通い詰めている佐香穂と梅さんの仲に嫉妬するが、梅さんの人柄に触れるうちに了見が変わり……。

落語で擬古典といえば、先代の三笑亭夢丸師匠による、擬古典ものの人情噺「夢丸新江戸噺」のことも忘れてはいけない。これは、夢丸師匠の発案による「日本人が着物を着ていた時代を背景とする新作落語」の公募企画で、入賞者には師匠自ら賞金を出し、受賞作品を掛け捨てにしないように再演も頻繁に行なうと宣言したもの。古典落語の将来のため、いつか古典落語になり得る新作落語を広く集める、素晴らしい取り組み、だった。

その高座を収めた五枚組のCDと、速記本が一冊遺されているが、私は、この「夢丸新江戸噺」の代表的な作品と言える「えんぜる」と、もう一つ「いろがたき」に魅かれた。原作者はどちらも冨田龍一先生。特に「いろがたき」の、身分の違う男同士の友情譚が心に染みた。サゲには思わずひっくり返ったが。

「せめてにも寄席に残せや江戸の風」

二〇一五年、六十九歳で亡くなられた先代夢丸師匠の想いがこの十七文字に込められている。

十四　新作にも江戸の風は吹く

「舌打たず」立川吉笑さん・作

いつものように隠居のところにやってきた八五郎が、舌打ちをすることで自分の気持ちが相手に伝えられると言い出し、これから舌打ちをするから、あっしがどんな気持ちでいるのか当てて欲しい、などと隠居に頼み込む……。

既成概念にとらわれない、斬新で独創的な落語を作り続けている立川吉笑さんの作品。擬古典ものは、この吉笑さん抜きでは語れない。前述したように「擬古典」という言葉が、今のように落語界隈にて自然に使用されるようになったのは、ひとえに吉笑さんのその活躍の賜物である。落語作家になりたいと考えている人には、吉笑さんの『現在落語論』を、まずは読んで貰いたい。この本には、落語に対する吉笑さんの(二〇一五年の時点での)考えかた、落語の作りかたなどが披露されている。また「舌打たず」が、吉笑さん自身の解説付きでサゲまで掲載されているのも嬉しい。

それにしてもだ。舌打ちで、自分の気持ちを伝えられると言い張る、という、この発想の飛びは凄い。しかも面白い。斬新かつ愉快である。これはなかなか両立出来ないことだ。もう一つの代表作「ぞおん」もそう。発想の飛びで笑わせるのは本当に難しい。

「ぼくは、とくに『お笑い』とか『音楽』とか『演劇』とか『映画』という、いわゆるポップカルチャーの関心がある同年代の方々に、まずは落語の面白さを伝えていきたいと考えている」

吉笑さんは『現在落語論』で、このようにはっきりと書いている。落語好きの人だけにウケれば良い、などと考えていないところが頼もしい。自分が興味のあること、面白いと思うこと、それらを、落語の力を借りて表現する、という姿勢である。だからこそ、とことん攻める、仕掛ける。自分と同じ感性の人たちを落語へと振り向かせ、自作の根多でコント・漫才と互角に渡り合おうとしている。吉笑さんは伝統の陰に逃げ込まない。これは擬古典派の作家全員が注意すべきことだ。

擬古典は、いわゆる「江戸の風」を味わいたい人たち向けなところが正直あるが、吉笑さんはそれとは逆を目指している。常に、新しいものに挑戦している人だ。

「いいか、これからの世の中はな、仕掛けた者だけに栄光があるんだ」

立川談志師匠の言葉だそうだ。談志師匠の孫弟子である吉笑さんにも、きちんとその了見が受け継がれている。

あと一つ。ここで予言しておきたい。吉笑さんの「舌打たず」のような、そういう方向性からの擬古典作りを得意とする落語作家が、そのうちに登場するだろう。いや、もしかしたらもう既にいるのかもしれない。私が知らないだけで。

「手習い権助」春風亭一之輔師匠・作

商家の坊ちゃんが、初午《はつうま》の日から手習いへと通い出すことに。それを耳にした権助も自分も一緒に通いたいと言い出す。旦那の計らいで無事権助も手習いに行けることに。だが権助は何をやらせても大騒ぎに……。

二〇二〇年、春風亭一之輔師匠と三遊亭天どん師匠が二枚組のCD『新作江戸噺十二ヶ月』を発売。江戸を舞台にした、季節感のある新作落語を十二カ月ぶん作り上げて披露する、そんな企画の会で生まれた根多の中から、四席を選んで収録したものだ。

収録された一之輔師匠の「手習い権助」は、手習いに通えるのが嬉しくてたまらない権助が、一生懸命取り組むあまり、トンチンカンなことをしてしまうというその姿がとにかく楽しい。寄席の即戦力になれる根多だ。このCDには、一之輔師匠作の「長屋の雪見」という擬古典も同時収録されている。大勢の長屋の連中による「ロードムービー」のような根多だ。

「鮎《あゆ》かつぎ」三遊亭天どん師匠・作

江戸っ子たちに好まれた初物の鮎。それを江戸にかついで運んでいるという、鮎かつぎの屈強な男たち。だがその道中に狐たちが次から次へとその形を変え、あの手この手で鮎をそっくり取り上げようと立ちふさがる……。

前述のCDに収録された三遊亭天どん師匠作の根多。師匠自身は、このCDにもう一席収録してある「消えずの行灯」のほうがお気に入りらしいが、私はこの「鮎かつぎ」を推したい。狐たちがどんどん出てくるさまが可愛いのである。

ところで、この『新作江戸噺十二ヶ月』には一つ決めごとがある。それは「江戸時代に実際にあった季節の風習を根多の中に盛り込む」というもの。これは上手い。縛りのあるほうが根多は作りやすいし、また、江戸の季節の風習を盛り込むおかげで、江戸の風情も根多から出やすくなるだろう。たとえ新作でも頑張れば江戸の風は吹かせられるというものだ。

これからの落語界では、擬古典を手掛ける落語家さんが現在よりもいっそう増えるだろう。今やもう、古典派が新作を、新作派が古典を手掛けることに何の抵抗もない時代ではないか。現代感覚による工夫に満ちた古典。古典の世界観のままにこしらえ、磨かれた新作。これらに出会うたび、私は、古典派だの新作派だのという区別は、もはや無意味だと感じてしまう。

どちらも落語、である。

「幽霊の辻」小佐田定雄先生・作

ある男が、今日中に手紙を届けて貰いたいと頼まれた。急いで山を越そうと峠の茶店の老婆にその道順を教えて貰おうとしたが、老婆の話によれば水子池などの、恐ろしい言い伝えのあるところを幾つも通らなければいけない……。

落語作家の第一人者・小佐田先生の出世作。一九七七年のこと。自分でこしらえた落語を毎月披露する会で、悪戦苦闘していた桂枝雀師匠に、小佐田先生が「師匠がやりたいことって、ほんまはこんなこととちがいますか」という想いで書き上げ、師匠宛に送ったのがこの根多だ。

数日後、枝雀師匠本人から電話が。ぜひ演らせて欲しい。ついては一度会って話がしたい。そして、道頓堀の角座《かどざ》にて二人は対面する。

「こんな台本、待ってましたんや」

こうして「幽霊の辻」は世に出た。

「憧れの枝雀さんの口から、自分の書いた言葉が落語としてつむぎだされてくる。この時の快感が忘れられず、これまで書き続けてきたわけだ」

わかるなァ。さて、その勘どころだが、全篇が「怪談噺・因縁噺」で展開される根多で、そのどれもこれも悲惨過ぎるのに、聴いていて不思議とおかしい。笑いがあふれ出してしまう。水子だの人柱だの酷い挿話ばかりなのに。これも、前述の「かんしゃく」と同じで、お客さまを全力では怖がらせずに、怖いながらもどこか滑稽に聴こえるように手掛けてやらないといけないのだろう。

この根多は、枝雀師匠を経て、当代の柳家権太楼師匠版になるとまた新しい進化を遂げているのがわかる。手紙を届けようという主人公に、茶店の老婆が、水子池・獄門地蔵などの陰惨・悲惨な伝承をこれでもかこれでもかと語り尽くした後の、ひと言が素晴らしい。

「だからね、このへんの人はね、あのそばで遊んじゃいけねえぞォ、あの池のそばで遊んじゃいけねえぞォ、って……あんたそこ通りなせ」

「石の地蔵さまなのに、コキーンってやったこの首がビューって飛ぶんですよ。で、通ってる人の頭ァカプーンって噛むんですよ……あんたそこ通りなせ」

この「あんたそこ通りなせ」の切れ味。怪談噺の「緊張」の後のこの「緩和」の凄さ。根多が磨かれるというのはこういうことだ。

「雨乞い源兵衛」小佐田定雄先生・作

先祖が雨乞いに成功したからという理由で、庄屋から雨を降らせろと脅された源兵衛。雨乞いなど出来ないと困るものの、そんな折に偶然雨が降り出す。ほっとしたのもつかの間、今度はその雨がやまなくなり……。

これも小佐田先生の作。雨乞いして降らせた雨がやまなかったら、という発想からこの根多が生まれたのだそうだ。

前述したが、落語作りの理想が「一つの題材・要素をふくらませて書き上げること」だとするならば、この「雨乞い源兵衛」はまさにその理想通りの根多である。無駄なところがない。しかも面白さは充分。こういう擬古典が寄席にもっと欲しい。東京でも聴いてみたいが、その場合、あてがき相手である桂枝雀師匠から、どこまで離れられるかが問題だろう。特に、太郎作と次郎作の会話部分が勝負どころだ。

「貧乏神」小佐田定雄先生・作

どこまでもぐうたらで頼りない男。あまりに怠けているので、男に取り憑いている貧乏神にまで働けと言われる始末。だが、貧乏神よりも男のほうが一枚も二枚も上手《うわて》で、仕事をするためにと、貧乏神から銭を借りるも……。

またまた小佐田先生の作品である。後半の貧乏神の健気さが、お客さまを感情移入させる根多だが、登場人物に「感情移入」させたらその根多は成功と言えるだろう。面白がらせることだけがお客さまたちの満足度に繋がるわけではないのだ。

ところで、これらの小佐田作品の素晴らしさとは何か。それは「その作品が、あくまで落語の世界観・了見にもとづいて作られ、殺伐としていない、どこまでも落語的な笑いを追求している」ところではないだろうか。

先生の作品は、古典の間に挟まれても邪魔にならないどころか、古典の仲間入りを既にはたしている。少なくとも、前述の「雨乞い源兵衛・茶漬えんま・貧乏神・幽霊の辻」は、後世に受け継がれる根多だ。

そしてもう一つの小佐田作品の魅力とは。これはあくまでも推測だが「根多が他とは極力付かないように配慮されている」ところではないか。私にはそう思えてならない。

落語を作る時は、少しでもたくさんの笑いを取ろうとしていろんな要素をゴテゴテと盛り付けがちだ。前に述べた通り、私も「わけあり長屋」で仕出かしている。だが先生は、前述の四つの作品を見ても、登場人物を無駄に増やそうとはせず、いろんな要素を盛り付けてはいない。それでいてきちんと面白い。凄いことだ。

小佐田先生の作品が、長年口演されている理由は、この二つではないか。

「一回こっくり」立川談四楼師匠・作

辰次は、棟梁になれと言われるほどの腕と人望のある働き盛りの大工だが、かつて水の事故で幼い一人息子を失い、女房はいまだにそのことを気に病んでいる。そんな折、辰次が仕事をしていると死んだはずの息子の声がして……。

小説家でもある立川談四楼師匠作の人情噺。この根多には、古典落語においてはほとんど扱われていない「あるもの」が登場している。古典が描いていない題材を探し出し、このように取り上げてみせるのも擬古典の役目の一つであり、また、醍醐味でもある。

私も「古典には瓦版屋が出ない」という理由で、立川こはるさんに「天晴かわら版」を書き、また「大火事の際の切り放しの根多がない」と、林家たけ平師匠に「赤猫」を書いた。結構新鮮だったのではないだろうか。古典落語の題材には、こういう隙間・空白がまだあちこちにあるはずだ。それを探し当て、埋めてやろう。

「意地くらべ」岡鬼太郎先生・作

登場人物たちがみな強情で、金を借りた人・金を貸した人・金を返すための金を借りた人・金を貸す人の息子・その息子とたまたま往来で出くわした人、などなど、誰もが意地を張る。そして金を返す、受け取れないがきっかけで大騒動に……。

歌舞伎作家で批評家の岡鬼太郎先生の根多。登場人物が「みんな○○だ」形式。

前述したが、登場人物たちがみんな悪人、という根多はどうか。巾着切り・騙《かた》り・空き巣狙い・強盗などが出てきて何かを奪い合う、とか。逆に、登場人物たちがみんな善人、ではどうか。これは、善人たちがみな善人らしい言動・行動をしてみなで幸せになる、ではなしに、主人公が、善人たちのまさに善人な言動・行動に振り回され、大変な目に遭わされる、という根多のほうが面白そうである。失敗ばなしはやはり落語の基本だ。

十五　落語について考え続けること

「鬼背参り《おにのせ》」夢枕獏先生・作

女を連れて上方へと飛んだ若旦那が二年振りに江戸に戻ってきた。だがその間、若旦那に惚れていたお美津ちゃんは錯乱。ついには焦がれ死にをしていた。若旦那への想いの強さのためにお美津ちゃんは鬼になり……。

作家・夢枕獏先生が、柳家喬太郎師匠のSWA（創作話芸アソシエーション）での口演のために、あてがきにてこしらえた怪談噺であり人情噺。鬼になるヒロイン・陰陽師・悲恋もの。獏先生の真骨頂とも言える、この「鬼背参り」の世界観は、喬太郎師匠の持論である「ハッピーエンドのほうが残酷」というその感覚と、実に親和性が高い。ぴたり合うとはまさにこのことではないだろうか。聴いているとはなしの中にグイグイと引き込まれ、圧倒されてしまう。

その原作は、獏先生の本『楽語・すばる寄席』で、喬太郎師匠の高座は、CD『アナザーサイド2』で触れることが出来るわけだが、ぜひともこの二つを比べて欲しい。

喬太郎師匠は、獏先生の原作に対し、かなり手直しをしているが、原作の不思議な味わいはしっかりと残している。枝葉は落としても幹には手を付けない。そして高座で花を咲かせる。これは、喬太郎師匠が、獏先生の原作に対し、とても敬意がある証拠だ。
それだけに、獏先生は喬太郎師匠の高座を聴き、心底喜んだのではないだろうか。私ならば嬉しい。どんなに原稿に手を入れられたとしても、キモの部分を尊重した改変であれば悲しい気持ちにはならない。また、獏先生のほうも、喬太郎師匠に敬意がある。
獏先生は、落語をこしらえる際の自分の姿勢について次のように述べている。

「読んでみて、おもしろかったら、高座で演っていただくのでいい。演るたびに、報告するのじゃたいへんだから、好きな時に好きな場所で、勝手に演っていただき、報告義務はナシ。噺の内容は、当然ながらいくら変えてしまってもいいのであります。まるっきり別の噺になってしまっていい。これもあたりまえのことですね。こちらは文字で、文章で書きますが、高座は現場です。演る方が自由にいじれなければ、どうしようもない」

敬意があるからこそこう言える。根多を託すというのはまさにこういうこと。素晴らしい。たまにいる「自分の作り上げた落語を、一言一句たりとも直してはならない」という輩に、聞かせてやりたいものである。

それから、再演の際にいちいち報告義務などなしで良い、というのは結構重要なことである。

「久し振りにあの根多を掛けてみよう。あ、でも許可取ってないからまずいか。うーん。今から連絡入れるのも何だよな。うん。やっぱりあの根多ァ掛けるのは止めにしよう」

こうして再演の機会は減るのである。作家の中には、落語の原稿料を、歌の印税などと同じように「私の根多を高座に掛けるたびに使用料を頂戴したい」と考える人もいる。他の分野はどうなのかわからないが、こと落語に関しては、印税方式だと再演の機会はぐっと減る。

落語家さんは、根多出しでもない限りは、その日その時の状況で掛ける根多を変える。今日はこの根多を掛けよう、などと思いつつ楽屋入りしても、天候・客層・客入り・共演者との兼ね合い、などなどの理由で。高座に上がり、マクラを振りながら、どの根多にしたものか、などと考えることも。これでは、原作者に事前の使用許可を取ることなど無理だ。

また、終演後に、いちいち原作者に報告するのも大変面倒である。そもそも、根多の使用料は一席やるごとに幾らくらい取れば良いのか。そして、いつまでにそれを原作者へと支払わなければならないのか。落語家さんは忙しい。そこまで煩雑な手続きがいるのなら、気軽にあの人の根多は掛けられないな、となる。

確かに「印税方式」のほうが正論だと思う。理想だとも思う。だが、落語では「印税方式」は現実的ではない。原稿料の類は、台本を渡す時、落語家さんから一括で受け取ったほうが良い。そのほうが作家も落語家さんもくたびれたりしないだろう。

話を戻そう。夢枕獏先生と柳家喬太郎師匠。この二人の才人が、互いに敬意を払いつつ作り上げた根多がつまらないはずがないのである。

「三くだり半」清水一朗先生・作

女房に「仕官をするまでの辛抱」と言われ、暮らしのために、仕方なしに手紙の代筆の仕事を始めることにした長屋住まいの浪人。すると、離縁状を書いて欲しいという依頼が次々と舞い込み、いつしか三下り半屋と呼ばれるように……。

落語研究家の清水一朗先生の作。清水先生は、地方の市役所に勤務しながら「落語会を主催・落語の本を刊行・擬古典ものの落語を創作・その台本を自費出版」などなど、長年にわたり、地方で精力的に活動を続けてきた凄い人である。地方在住だろうとこんなにも多彩に活躍出来る。かくありたいと心から思う。

先生は、この根多の他にも「鬼の涙」と題した根多を八代目林家正蔵師匠に託したり、また「化かされ侍」という根多を、二ツ目の頃の柳家一琴師匠に任せたりしている。なお「三くだり半」は桂文朝師匠が口演。それから、先生は昔の小噺をふくらませ、また、外国の民話などを元にして落語を作るなど、既存のものを工夫して一席こしらえることを得意としている。
作品集『鬼の涙』と『化かされ侍』に、先生の根多が多数所収されているので読むことをお勧めする。擬古典の落語を書きたければ、他の人の台本を読んで参考にすべきであろう。先人の足跡をたどることで得られるものは大きい。とても勉強になる。全ての芸術は模倣から始まる、と言うではないか。

「鬼ヶ島」和田誠先生・作

夢見がちで、空想ばかりしている留吉のところに鬼ヶ島から鬼が訪ねてくる。留吉を婿として島に迎えたいのだと言う。だがそれは仲間たちのいたずらであった。羞恥のあまり留吉はそれから行方知らずに。そして三年の月日が流れ……。

イラストレーター・随筆家・映画監督など、多方面で活躍した和田誠先生の作。初演は柳家小三治師匠。一九七四年のことである。
この「鬼ヶ島」は、和田先生作の根多を落語家さんが口演する落語会「和田誠寄席」にて披露された。この会では、小三治師匠の「鬼ヶ島」の他に「空海の柩《ひつぎ》(初演は当時二ツ目の五街道雲助師匠)」「荒海や(初演は当時二ツ目の春風亭小朝師匠)」「闇汁(初演は入船亭扇橋師匠)」などの作品も披露されている。単行本『落語横車』にてこれらの原作が読める。小朝師匠の「荒海や」は速記も一緒に所収され、読み比べが出来るので作家としてはとても勉強になる。

なお、この「和田誠寄席」はレコード化もされているのだが私は未聴。いつか聴いてみたいものだ。少し毛色は違うが「星寄席」というレコードもある。ＳＦ作家の星新一先生のショートショートを、古今亭志ん朝師匠・柳家小三治師匠が、スタジオで収録したものだ。こちらはＣＤ化されている。

ショートショートといえば、落語は、どこまでが落語であり、どこからが落語ではないのだろうか。形式でいえば「着物を着た落語家さんが、高座の座布団に座り、そこで喋る物語のこと」となるのか。ならば洋服でのお喋りは落語といえないのか。椅子に座るのは駄目なのだろうか。立川談志師匠が提唱の「落語とは人間の業の肯定」というものから逸れたら落語ではないのか。業を克服している「芝浜」は落語ではないのか。

落語家さんが口演したものは何でも落語、という考えかたもある。そうだとしたら落語家さんによるショートショートの朗読は落語なのか。江戸の風が吹いていれば時代小説の朗読も落語になるのか。小説の朗読は地語りが多いので落語ではないとは思うが、ならば地噺は落語ではないのか。サゲさえあれば落語なのか。では、サゲさえ付ければ何でも落語になるのか。一人芝居と落語との違いは一体どこにあるのか。擬古典は古典落語の模倣、二次創作でしかないという意見もあるがどうなのか。

結論を言うと、これが落語だ、とは定義しないほうが良い。そもそも定義しようとしても無理だろう。大切なのは、落語の定義は何か、落語というのは一体何なのか、というような答えの出ない問題をいつまでも考え続けることだ。これは、落語作りに絶対に役立つ。

「赤子通詞」桑島敦子先生・作

まるで言葉がわかるかのように、赤ん坊をあやすのが上手い平助は「赤子通詞(通訳)」と、あだ名されるほどの腕前だ。仲間に言われ、その能力を商売にしてみるとこれが段々と評判になる。その平助がある時、お殿さまに呼び出され……。

ライターの桑島敦子先生の作品。二〇一八年度の、落語協会による新作落語台本公募で佳作となり、柳家小満ん師匠の手で披露された。小満ん師匠の自費出版の本『てきすと』の「拾遺その三」に、先生の原作と師匠の速記が所収されている。

赤ん坊の通訳、という妙案、これに尽きる。斬新さが要求される公募の擬古典としては、文句なしの根多と言える。突飛なようで現実味もある。赤ん坊の言葉がわかるという現代の新作ではなしに、それを擬古典で表現し「赤子通詞」と名付けたのは見事。

落語協会の公募条件は、四百字詰原稿用紙十五枚までだが、その短さを感じさせないほどに展開に起伏がある。こういう根多が入賞するのだ。小満ん師匠の口演をぜひとも聴いてみたい。その機会があることをただただ願うばかりである。

「死に神 remix」京極夏彦先生・作

師匠から破門された陰気な幇間持ちが、死神との出会いで不思議な数珠を貰い、人間には一人ずつ必ず取り憑いている鬼を、一時的に引き離せるという呪文を教わる。それを利用し、病を治す祈祷師となった幇間持ちだったが……。

作家による改作も少しだけ紹介しておきたい。本作は、小説家の京極夏彦先生が、春風亭小朝師匠のために古典落語「死神」を改作したもので、単行本『京極噺六儀集』に所収されている。京極先生による「死神」の改作なので、怖い根多かと思われるかもしれないが、これが全く怖くない。なぜかと言うと、初代三遊亭圓遊師匠が、従来の「死神」を明るいものに作り変えて出来た、題して「誉《ほま》れの幇間」を元にした根多だからだ。どうか「死神」と「誉れの幇間」の結末の差を、読み比べていただきたい。二つはもはや別の根多である。

「死神」　金策に苦しむ男が、死神と出会い、その死神から、病で寝込んでいる病人に取り憑いた死神をはがす方法を教わり、医者として成功するが、禁じ手を使ってしまい、遂には命を落とす。

「誉れの幇間」　仕事のない幇間が、死神と出会い、その死神から、病で寝込んでいる病人に取り憑いた死神をはがす方法を教わり、医者として成功するが、禁じ手を使ってしまい、死に掛けるが命拾いする。

恐らく小朝師匠が「こちらの死神で改作を」と、京極先生に依頼をしたのではないか。小朝師匠は明るい芸風なので改作も明るいものを目指したのかもしれない。だが、少々もったいない気がする。背筋がゾクゾクとするような、聴いた帰り道でも始終震えが止まらないような、そういう「京極落語」も正直聴いてみたい。もちろん擬古典新作で。

「夜鷹の野ざらし」愛川晶先生・作

隣の浪人のところを訪ねてきた女が、野ざらしの骨が化けて出たものだと知った八五郎は、真似をして釣りに出掛け、どうにか骨を見付け出すのに成功。骨を供養する八五郎の独り言を偶然聞いた夜鷹が八五郎のうちへと向かう……。

小説家で、落語を題材としたミステリーものを幾つも手掛けている愛川先生が、古典落語「野ざらし」を改作したもので、柳家小せん師匠が手掛けている。

古典「野ざらし」の幕切れはだいたい二つある。隣の浪人のところへと訪ねてきた女が、人骨が化けて出たものだと知った八五郎は、浪人の真似をして人骨を探しに出掛ける。化けて出た女との妄想に浸りながら、釣り場をめちゃめちゃにするくだりで終わらせるのが一つ。そして、物語の途中ではなしに、本来のサゲまで行くのがもう一つの終わらせかた。八五郎の独り言をたまたま聞いた幇間持ちが、八五郎の家に訪ねて行くというものである。

これら二つとは違い「夜鷹の野ざらし」には、演題の通り「夜鷹」が登場する。はたしてこの結末は一体どうなるのか。

このようにして、古典落語の自分なりの続きをこしらえるのもなかなか面白いものである。例えば、とある師匠の「死神」は、ロウソクの火の場面では終わらない。もう一波乱あるのだ。たとえ名作であろうと自由に改作しよう。

十六　頼りになる落語本たち

落語に関する本の紹介をしよう。どれも、いざ落語を作ろうという時に大活躍してくれる本である。これらは三つの種類に分けられる。

(一)落語作りについて考察し、実際に執筆する時に活用できる手法・技術などが、具体的に幾つも紹介されている本。

(二)落語とはどういうものなのかを思い、考え、論じ、示していて、それを読み込むことで落語に対する理解が深められる本。
(三)落語の筋を知りたい、あの根多を手掛けている落語家さんは一体誰だろう、などなど、落語を作る際に生じる疑問に答えてくれる本。

それでは(一)から順番に、それらがどんな役に立つのか、あれこれと具体的に話してみよう。なお、速記本に関しては次の章で述べるため、ここでは紹介しない。ちなみに、どこの速記を最も活用しているかと言えば、それはやはり「ちくま文庫」のものである。

立川吉笑さん『現在落語論』毎日新聞出版・二〇一五年十二月

落語を作りたい、特に擬古典ものをこしらえたい、と考えている人にまずは読んで欲しい本である。なぜ「まずは読んで」なのか。それは、この本が「おのれの中におぼろげに存在している落語の定義」や「こんな落語を書いてみたいという願望」などを、改めてもう一度考えてみよう、再考してみようと思わせるきっかけになるもの、だからだ。落語とはどういうものなのか。自分はどういう落語を書きたいのか。それらは、おのれの中に確かにあるはずなのだが、どこかぼんやりとしているものである。それらをはっきりとしたものにする手助けになるのがこの本だ。

この『現在落語論』の中で、吉笑さんは丁寧な語り口だが、おのれの考えをズバズバと述べている。落語の特性はこれこれこうで、こんなことを表現するのには向いているが、こういうことには不向きだ。具体例を挙げるとこれこれこうで、自分はこういうところを目指し、現在こういう活動をしている、という具合だ。それらがとにかく勉強になる。

読み進めると、新たな気付きや「そうだったのか」という驚きが盛りだくさんで、刺激と影響を受けること間違いなし。油断をすると自分の根多作りの方法や、目指しているものがガラリと変わりかねない。吉笑さんの目指している「落語による不条理な笑い」を、自分も書いてみようか、自分もその辺りを追求してみようか、という気持ちになりそうになる。

「落語は、『不条理な空間を描いた〝笑い〟』を表現することに適している」

「ありとあらゆる空想上のモノや状況を、落語を使えば簡単に具現化できるのだ。『あっ、UFOだ』と言えば、そこにはUFOが出現する。『UFOが首都高を走ってるの、初めて見たよ』と言えば、空を飛ばずに地面を走っているタイプのUFOを出現させることだってできる」

「新たなネタをつくる際、ぼくは二つの基準でチェックする。まず、『アイデアとして面白いかどうか』これが何より先決で（中略）もう一つの基準が（中略）『落語として描かれることに適しているかどうか』」

響いた箇所を挙げればキリがない。読後は、自分の中にある「落語の幅」みたいなものが広げられたように感じる。

とはいえ、これらは「二〇一五年時点」での吉笑さんの考えである。今はまた違うもの、より深いものに進化しているのだろう。注目しているもの、取り組んでいるものも変化しているはずだ。コロナ禍以降における、令和版の『現在落語論』の刊行を願うばかりである。

小佐田定雄先生『新作らくごの舞台裏』ちくま新書・二〇二〇年十一月

次に読むべきはこちらだ。作者は当代きっての落語作家である小佐田定雄先生。初めての作品である「幽霊の辻」を皮切りに、先生がこれまでにこしらえてきた新作落語・改作・東京落語を上方に移した根多など、それらのあらすじと解説を通して、落語の作りかたを教えてくれる本である。とにかく多くの示唆に満ちている。

「(桂枝雀師匠による)この『四つのサゲ』理論は、落語を書いていて、いよいよ終わらせようとして結末が決まらないときにお世話になった。とりあえず、この四つのパターンのサゲを考えてみて、一番落ち着きのいいものをセレクトすればいいわけだ」

「ハッピーエンドを素直に喜ばないひねくれた発想ができないと落語は書けない」

「落語の台本というと、笑わせるくだりに力を入れて書いてしまいがちだが、こういう（地べたから地べたに架かる虹のことを小佐田先生は『尾頭付きの虹』と表現した）なにげないフレーズが大事なのだ」

「落語だけしか聞いたことがないと書く台本が既存の落語の枠から出にくくなり、『どこかで聞いた噺』となって古典落語のパロディになってしまう」

「プロというのは、依頼を受けた段階ではなんのアイデアもなく絶対に書けるという確証もないのに、仕事を引き受ける度胸を持つことなのだ」

個人的には「サゲが思い付かない時、枝雀師匠提唱による『サゲの四分類』を活用する」というものが、一番ありがたい学びだ。そうかその手があった。このことは今後、執筆の際に取り入れていきたい。ちなみに「サゲの四分類」は、ひと言で説明出来ないのでこれ以上は言及しない。もし興味があるという方は、PHPもしくはちくま文庫の『らくごDE枝雀』を参照のこと。

それにしても、この『新作らくごの舞台裏』を読んでいると、小佐田先生の引き出しの多さに驚嘆する。だが、先生自身は、自分はあくまでもいろんな分野を「ちょいちょいつまみ食い」しただけだと謙遜している。そのことを踏まえて先生は言う。

「落語の台本を書くには、いろんなジャンルの適度に浅い知識がとても役に立つ。なまじ深い知識があるとついつい『こだわり』が出てきてしまい、説明が必要な台本を書いてしまいかねない」

先生ほどの人が、浅い知識の持ち主なわけがないのだが、落語作家は「知識の深さ」よりも「幅」が大切だという考えかたには、ただただうなずくばかりである。とにかくだ。四十年以上、現役の落語作家として活動し続けてきた先生が、初めて書いた、自分の落語作りに関する本である。落語を書いてみたい人や、もう書いているような人に必読なのは当然だろう。

三遊亭円丈師匠『ろんだいえん・21世紀落語論』彩流社・二〇〇九年六月

新作落語に革命を起こし、新作派の旗手として長きにわたり活動し続けてきた円丈師匠が、落語を論じ、台本の書きかた、演じかたについて書いたから「ろん(論)・だい(台本)・えん(演)」と名付けたというこの本。その熱量はすさまじいものがある。

この本は、今から落語を書いてみようというような人よりも、落語を書き始めてみたもののどうすれば面白いものが出来るのかというような人にこそ勧めたい。私がそうだったからだ。

初めてこの本を読んだ時には、私はまだ、落語作家の看板を掲げる前であり、正直なところ、あまりピンとは来なかった。一応、落語は書いていたが、落語家さんに口演していただいたこともなく、何より、自分なりの落語作りの方法論もなかったからだろう。円丈師匠の熱弁を、プロはそういうものなのかなァと冷静に受け止め、一歩引いた気持ちで読んでしまった。

ところがである。私が擬古典作りを始め、落語作家を名乗るようになってから改めて読み返したところ、円丈師匠の言うことが心の中にガツンと響いてきた。この本は、第三章「落語はどうやって作るのか」辺りから、落語作りの方法について、より具体的になる。落語にテーマやメッセージは必要か。どんな時に落語は出来るのか。それらの問い掛けに対し、師匠は快刀乱麻を断つかのように答え、そして、落語の作りかたの核心に迫る、第四章「発想による落語のストーリー」でも、その勢いは止まらない。具体的で実践的でどれも金言である。

「噺の中に入れるギャグも順番がある。必ずギャグは弱いギャグからだんだん強いギャグにするようにしている。いきなり強いギャグをやると、その後の弱いギャグがウケなくなる。必ずギャグは弱いものから少しずつ強くしていくのがギャグ公式の鉄則だ」

「同じ状況が続くタイプの典型に並列ストーリーというのがある。よく昔のコントで医者が次々に患者を見て『次の方どうぞ』と、患者ＡＢＣＤと次々に変わっていく。しかし、医者が患者を見るという状況は何も変わっちゃいない（中略）どうしたらこの並列ストーリーのループから抜け出すことができるのか。とにかく、この状況を変える状況にすることだ。『A』患者の中に医者がいて『おまえを診断してやろう』『いや、おれが見る』とか。『B』あるいは見ていた患者がポックリ死んじゃって、看護婦に『今殺したでしょう?』とか、とにかくその状況が別な状況になるようにしないとこの無限並列のループからは抜け出せない」

繰り返すようだが、この本は、落語を書き始めてみたもののどうすれば面白いものが出来るのだろうと、一人悩んでいる人にこそお勧めするものである。それだけ実践的だからだ。

京須偕充《ともみつ》先生『これで落語がわかる』弘文出版・二〇一七年十月

ここからは(二)の「落語とはどういうものなのかを思い、考え、論じ、示していて、それを読み込むことで落語に対する理解が深められる本」の紹介。落語をこしらえるには、落語をある程度は知らないといけない。生の高座に触れることはもちろんだが、落語とはどういうものか、などということを、おのれの頭で考えてみるのも大切である。

この『これで落語がわかる』は、落語について考えてみる時の「学び」と「助け」になる一冊である。落語を、百十二の項目に分け、京須先生がその見解を示すのだが、その話題はとても多岐にわたるもので興味深い。まずは「落語って、なんだ?」という項目から始まるが、次第に具体的な話になる。サゲ・人情噺・扇子・手拭い・高座・マクラ・師弟・トリ・色物・寄席・地噺・大喜利、などなど。

落語に関するものであれば、どのようなことでも取り上げているのだが、後半では「先代は巧かった」というようなことまでも話題にし、それがどんな対象であろうとも京須先生の切っ先が鈍らないのが凄い。読みごたえのある本である。出来れば、ある時は先生の考察にうなずき、ある時は先生の所見に首を横に振るように読んで貰いたい。意見とは受け止めるだけではいけない。時には戦わせるものだ。自分の考えを持つと落語作りにもそれが生きる。

もっとも、作家というものは、あまり分析ばかりしていても駄目である。作品に反映させてこその理論だろう。ウケなかった時の言い訳のためではない。


立川談志師匠『現代落語論』三一新書・一九六五年十二月

この本は落語の知識を増やすためのものではない。読者のセンスを磨き、落語にこれまで以上に惚れるためのものである。だからこそ、この本を読んで落語家を志したという人が大勢いるのだ。落語作家になりたければ読むのは当然の書。

話は逸れるが、本を使うことで、落語に惚れ込む人たちを増やしたいのであれば、ただ落語の知識・情報ばかりを紹介しても無意味である。知に働きかけても仕方がない。情に訴えかけなければ駄目なのだ。この本にはそれがある。何べんも読み返して、もっともっと落語に惚れよう。落語に魅入られていない作家が、お客さまを落語に魅入らせるような根多を書けるわけがない。とことん深みにはまろうではないか。

川戸貞吉先生『落語大百科(全五巻)』冬青社・二〇〇一〜〇二年

ここから(三)の「落語の筋を知りたい、あの根多を手掛けている落語家さんは一体誰だ、などど、落語を作る際に生じる疑問に答える本」である。これは、五十音順に根多を並べ、それらを五冊に分けては、あらすじ・解説・挿話などに加えて、この演目における「おすすめ」の落語家さんを記載している、実に率直で、舌鋒鋭い落語事典である。五冊揃いで入手するのは現在では困難だと思うが、使い勝手があまりにも良いので見掛けたらバラ売りでも購入すべきだ。

東大落語会編『増補落語事典』青蛙房・一九九四年九月

落語の「掘り起こし」をする際に大活躍する。これについては後述する。

十七　埋もれた古典を掘り起こせ

擬古典ものを手掛けている人や、いつかは手掛けたいと考えている人は、古典落語の「掘り起こし」作業に、挑戦してみるのも面白いのではないだろうか。掘り起こし、とは「昔は手掛ける人もいたが、今は喋り手のいない根多を見付け出し、現代でも通用するように直して、もう一度高座に掛けること」である。柳家喬太郎師匠の「擬宝珠《ぎぼし》」が有名だ。

それでは、現在では埋もれている根多を、具体的にはどう探せば見付けられるものなのか。その方法は様々あるだろうが、一番手っ取り早いのは東大落語会さんの編集で、青蛙房から刊行されていた『増補落語事典』から探してみること、これに限る。この本には千二百六十もの落語のあらすじと、その解説が所収され、なおかつ、それらの根多をどの落語家さんが手掛けていて、どの速記本に掲載されているか、ということまで書かれている。掘り起こしには必携だ。

私もかつて、掘り起こしに挑戦したことがある。その際には以下のような手順を踏んだ。

(一)ごぞんじ『増補落語事典』を読み、現在では喋り手がいないものの、手を入れれば使えそうな根多を探す。
(二)掘り起こせそうな根多を見付けたら、それが誰かに先に使われていないかを、インターネットなどで調べる。
(三)その根多の速記を入手する。ちなみに私は、速記が現存しない、事典に記載されたあらすじだけしか手掛かりのない根多をあえて選んだ。
(四)あらすじや速記を元にして、今でも充分使えるように手直しをする。私の場合は、あらすじを目一杯ふくらませてどうにか書き上げた。

思うに、掘り起こしで最も重要なことは、事典から使えそうな根多をいかに見付け出すか、である。これが相当難しい。この根多だ、というものを見付けたのに、それが既に他の人に掘り起こされ、披露されていたと気付いた時のその落胆はとてつもないほどに大きい。これは決して大げさではない。

掘り起こし作業は「良さそうな根多はあったが、既に使われている」というガッカリの連続である。私が、掘り起こしで「あれは悔しかった」と、今でも思うのは「壁金《かべきん》」という根多だ。この本篇はふくらませやすそうで、サゲも実に馬鹿馬鹿しい。本当に「これだッ」と心の中で叫んだ。だが、考えてみれば、そういう面白そうな根多が手付かずなわけがないのである。ちなみに「壁金」を発掘した落語家さんは、のこぎり演奏でおなじみの都家歌六師匠。師匠はこの「壁金」をCDで発売までしていた。これでは、手を出すわけにはいかない。

事典を片手に、これも既出、あれも既出だと、落胆を何べんも繰り返しながら、私が何とか掘り起こすことに成功した根多は「士族の俥《くるま》」というもの。ところが、これで行こうと思った矢先、柳家金語楼先生の新作落語の中に「士族の俥夫《しゃふ》」という根多があることが判明する。もしかしたら同じ根多なのかもしれない。それは困る。

事典に掲載されている「士族の俥」と、この「士族の俥夫」が同じもので、金語楼先生の作品ならば、勝手に掘り起こすわけにはいかない。権利関係、仁義の問題などがあるからだ。慌てて「士族の俥夫」掲載の、金語楼先生の作品集である『金語楼落語名作劇場・続編』を手に入れ、読んでみると、二つの根多は別作品というのがわかった。これならば掘り起こせる。正直ほっとした。

この「士族の俥」のあらすじはこうである。

・ある男が、人力車で吉原に行こうと俥屋に声を掛けたら、俥屋は「自分は、今でこそ俥引きをしているが元は武士である」と威張る。男が驚いて立ち去ろうとすると、俥屋は「声を掛けておいて結局乗らないのは無礼だ」と怒り出す。
・男は仕方なしに俥に乗ったが、俥屋は「話しながらブラブラ行こう」だの「武士だった時代に、英国式の訓練を受けていたから、それで号令を掛けろ」などと言い出す。号令を掛けると俥屋は「タン、タン、タンタカタン」と、訓練の太鼓の口真似をしながら行進し出す。そのはずみでかじ棒が持ち上がり、男は俥から落ちて酷い目に。俥屋は「疲れたから今度はおまえが俥を引いてくれ」と言う。
・二人は吉原に行き一緒に遊ぶ。

これを踏まえ、自分なりの自由な発想を加えてふくらませ、また、この「士族の俥」をお渡しする予定の柳家一琴師匠にあてがきをし、次のように書き直した。

・ある男が、人力車で吉原に行こうと俥屋に声を掛けたら、俥屋は「自分は、今でこそ俥引きをしているが元は尾張藩の武士である」と威張る。男が驚いて立ち去ろうとすると、俥屋は「声を掛けておいて結局乗らないのは無礼だ」と怒り出す。

・男は仕方なしに俥に乗ったが、俥屋はすんなり走り出してくれない。すると、俥屋のかつての主君である尾張の殿さまが登場。俥屋を諭し、男と俥屋、そして自分の三人で吉原に行こうと言い出す。

・人力車を駕籠の代わりにして、そこに殿さまが乗り込み、それを俥屋が引き、お客のはずの男が「下にィ下にィ」と露払いをして先導に立つことになる。

・三人は賑やかに楽しげに吉原に乗り込む。

少しばかり自由に書き過ぎた気もするが、原作通りでは古典「反対俥」に似過ぎてしまう。それでは掘り起こす意味がない。また、この根多の主題が「士族の商法(武士が商売を始めたものの失敗続き)」のままでは、現代のお客さまは共感しづらいだろう。威張り散らす士族を見るのも嫌だし、その士族が慣れない俥屋で失敗するのを見て、いい気味だとも思えないのだ。

そう考えると「殿さまの洒落に二人が乗った」という根多に変えたのは成功だと思う。後味も良い。もっとも、そこまで変えてしまうのであれば、掘り起こしをする意味などないのでは、と言われるかもしれない。

だが、掘り起こしは「埋もれた根多を、埋もれた時のものと同じカタチで再現する」ものではない。発掘した根多をあくまで現代のお客さまたちに通用するカタチへと換え、披露するものだと私は思う。落語は伝統芸能だがそれ以前に大衆芸能である。掘り起こしの趣向でも、御来場のお客さまたちに楽しんで貰えなければ無意味だろう。そもそも、埋もれた根多はつまらないから埋もれたのである。一言一句変えずに当時のままで口演、のような趣旨の会で披露するのならともかく、つまらない根多をそのまま再現してどうする。それではお客さまに申し訳がない。

ところで、話は変わるようだが、速記について、ここで少しばかり頁を割きたいと思う。

先人たちの落語台本を参考にしようとしても、現物を手に入れる機会などは正直なところないだろうが、そんな時に役立つものが速記本である。何しろ入手しやすい。落語好きにはおなじみ「ちくま文庫」だけでも、八代目文楽師匠・志ん生師匠・圓生師匠・八代目正蔵師匠・五代目小さん師匠・志ん朝師匠・米朝師匠・枝雀師匠、などなど、数多くの速記本が刊行されている。あなたの好きな落語家さんのものを入手し、読み倒すことをお勧めする。

数ある速記本の中でも特に勧めたいもの。それは、立川志の輔師匠が「広告批評」編集長の天野祐吉さんとの共著で、二〇〇一年にマドラ出版より刊行した『話の後始末』という一冊。所収されているのは「だくだく・粗忽長屋・バールのようなもの・文七元結・井戸の茶碗」の五席である。読みやすくて面白いのはもちろんのこと、根多の幅が広い。滑稽噺に人情噺に新作までも。また、一席ごとに、志の輔師匠と天野さんが、根多の主題を掘り下げる対談を行なうのだが、これが読ませる。ただ残念なことに現在入手困難。文庫化での復活を切望してやまない良書である。何とかならないものか。

それでは、二〇二二年の時点で入手しやすい速記本からお勧めを選ぶならば、柳家小三治師匠のTBS落語研究会の高座を速記にした『柳家小三治の落語』だろうか。小学館文庫のため、本体価格が五百円台という安さ、手軽さ。これは正直ありがたい。しかも全九巻という根多数の豊富さも嬉しい。落語作りのために読むという意識を極力消し、気楽に読み進めて貰いたいものである。滑稽噺ならばこの小三治師匠の文庫だろう。

では、人情噺ならば何か。それは『桂歌丸口伝 圓朝怪談噺』だ。本体価格が二千二百円と少々高いが「真景累ヶ淵」を頭から最後まで読めるというのが素晴らしい。長篇の人情噺がどういうものなのかがわかるはず。

お勧めのあと一冊は、児童書の『春風亭一之輔のおもしろ落語入門』全二巻である。子供向けの「読む落語」本だが、読みづらい速記本を我慢して読むよりも、わかりやすさを重視しているこういう児童書のほうがむしろ役に立つというもの。

この本に限らず、子供向けの落語の本に改めて目を通してみることをお勧めする。学術書崩れのような本などに手を出すよりは、桂米朝師匠が子供のために書いた、落語の紹介・解説本『落語と私』を読むほうが良い。図書館にある児童書の棚を一度は見てみよう。子供の本だと馬鹿にしないで。ちなみに『落語と私』は子供向けとは思えない本だ。

私が、初めて落語の世界に触れたのは図書館の児童書からだ。偕成社の『少年少女名作落語』シリーズ。若菜珪先生の表紙絵のものが印象的だ。この他にも、児童書で「読む落語」といえば、六代目柳亭燕路師匠による『子ども寄席』シリーズも有名。落語との初めての出会いは図書館の本、という私のような人は結構多い。あの時の落語本がつまらない物であれば、今の私はなかった。落語の児童書と学校寄席が、落語の世界に与える影響力ははかりしれないものがある。

閑話休題。掘り起こし絡みの話に戻ろうか。

さて、掘り起こし以外にも、原作付きで落語をこしらえる方法は、まだまだ幾らでもある。例えばそうだ。小噺の本を読み、これは使えそうだな、というものに目を付け、それをふくらませて一席の落語にすれば良いのだ。小噺は江戸に限らず、外国のものでも良い。日本を舞台に置き換えてやれば良いだけだ。

また、落語作りに活かせるのは小噺だけではない。民話・昔話・伝承・神話・説話・伝説、などなど、こういうものでも良いのだ。例えば「今昔物語」などはどうか。芥川龍之介の小説「鼻」や「羅生門」も、この「今昔物語」から引用されたものだ。現代語訳もので良いから抜き読みすると良い。原作を尊重した根多に仕上げるのか、換骨奪胎して自分好みの根多に作り変えるのか、それは自由だ。擬古典を作る時、古典文学をその発想の種にするのは賢明な方法の一つである。

少々乱暴な物言いかもしれないが、どんな物語でも落語にすることが出来るはずだ。例を挙げると「源氏物語」は、柳家喬太郎師匠の新作落語の「ウツセミ」になり、また「平家物語」は「源平盛衰記」にカタチを変えている。それこそ「今昔物語」の「鼻」も落語になる。おのれの鼻の大きさに悩み、苦しむ男が、鼻を小さくして下さいと神頼み。お百度を踏んではみたが満願の日でもその鼻は一向に小さくならない。


「俺は生涯この鼻のままなのか」

「どうしたんです」

「いや実はこういうわけで」

「確かに大きな鼻ですねェ。これじゃ、あなたに鼻が付いてるんじゃなくて、鼻にあなたが付いてるみたいですねェ」

「ひとを鼻のおまけみたいに言わないで下さい」

「でも、そういうことなら、ここよりもっと御利益のあるところ教えましょうか」

「一体どこです」

「そりゃ吉原ですよ」

「吉原ァ……吉原でお百度ですか」

「それだけ通えばそのうち鼻も落ちましょう」

我ながらひどいサゲだが。

では最後に、金語楼先生の「士族の俥夫」のあらすじを。

・明治維新のおかげで商売に成功した男。この男が、人力車に乗ろうとして俥引きに声を掛けると、それはかつて世話になった士族の男だった。
・大恩人の引いている俥に乗れるわけがないと泣き出した男は、かつてのお礼代わりとして、士族を待合へと飲みに連れて行く。
・ところが、士族はそこで泥酔してしまう。成功した男のほうが、俥夫である士族を乗せて俥を引き、帰宅する。

士族の商法でも「士族の俥」と、金語楼先生による「士族の俥夫」では、こんなにも味わいが違うわけだが、違うからこそ良いのである。先行の根多とは違うものでなければ後発する意味などないのだ。今までにないものをこしらえよう。

ゼロから擬古典を作ることに疲れたら、掘り起こしで気分を変えてみるのも一興である。

十八　落語作家のふところ具合

この本の冒頭でも触れたが、落語作家の看板を掲げていると「落語作家は食えるんですか」などと問われることが本当に多い。では、その次に聞かれることはというと「幾らで書いているんですか」というもの。金の話だ。ちなみに、根多の内容についてあれこれと質問されるようなことはほとんどない。擬古典にこだわるのはなぜですか、などと言われたことは一度もない。仕方ないのである。誰もがみな「ひとさまの金の話」が好きなのだ。それも「儲からない話」が。

落語作家がそんなに儲かるわけがない、ということはみんなわかっている。ほとんど食えないことくらい理解している。落語の台本料がそれほど高いものではないと誰もが気付いているし、事実高いものではない。そう。みんな知っているのだ。落語作家ではまず食えないということを。食えないことを確認するかのように、まるで答え合わせでもするかのように質問してくる、などと言うと、うがち過ぎだろうか。

いずれにしても、食えない話ばかりするのはしゃくにさわる。はっきり言うと不快だ。

では、どうすれば食えるのだろう。

この問題は、駆け出しの私よりも、専業の落語作家として何十年ものあいだ、ごはんを食べ続けている小佐田定雄先生のほうにぶつけるべきだ。そもそも私は、落語作家だけで食うこと、専業になることにそれほど固執していない。酸っぱい葡萄と言われるかもしれないが本当だ。

私には、品質を落とさずに作品を量産し続ける能力が正直ない。一席書き上げるたびに「今回はどうにか完成させられたが、次こそは筆が止まるのではないか」という不安に襲われている。素直に言うと、私の引き出しはもう空である。アウトプットが多すぎて、インプットがなかなか追い付かないのが実情だ。

そんな私が、落語で無理に食おうとすれば絶対に無理が生じる。根多を雑に書き飛ばし、そのせいで品質がどんどん落ちる。あてがきも適当になり、落語家さんたちにその了見を見透かされ、相手にされなくなるだろう。私には、専業は無理である。

というわけで、この章は単なる「思考実験」である。これこれこういうことをすれば落語作家として食えるかもしれない、という「案」でしかない。いわゆる「口だけ」というやつだ。そのことを踏まえた上で読んでいただきたい。

金の話をすると、落語家さんたちや、お客さまたちに嫌われるかもしれないが、落語作家で食えるようになりたい、などと願い続けている、どこかの誰かのためになるかもしれないので、あえて語ろうと思う。落語作家は本当に食えないのか。

ところで、次の言葉は、私が「落語作家は食えるんですか」という質問をたくさんされていることを聞いた知人によるものだが。

「落語作家で食いたいのであれば、落語業界のお金のまわりかたを調べた上で、どういう立ち位置を狙えるのかという戦略を、おのれで考えるしかない」

まさにその通りだと思う。では、金のまわりかたについて考えてみよう。落語作家に金を与えるのは誰なのか。落語作家が台本を作ると、それを買い取るのは落語家さんである。そう。実はそうなのだ。落語作家が書いた台本を金に換えてくれるのはお客さまではない。落語家さん個人なのである。これは結構盲点だ。気付いた時に私もはっとした。

「落語作家というのは、落語家さんたちを相手にした商売なのである」

職業・商売として落語作家のことを考えると、どうもこの辺りに問題点があるように思える。小説であれば「出版社」が原稿料を支払うが、落語の場合、作家の書いた台本に金を支払うのは「落語家さん個人」だ。ここに「落語作家は食えない」ことの理由があるのではないだろうか。個人の資金力には限界があるからだ。

そのことを踏まえて考えると、落語作家が食えるようになるには、落語家さんからの収入だけに頼るのをやめなければ駄目なのだろう。頼るべきは個人ではなしに会社組織・団体、またはお客さまたちである。また、少し話は逸れるが。

「落語を作り、それを落語家さんに売り付けて収入を得るのは如何なものか。おのれの根多を落語家さんにわざわざ口演して貰うのであれば、作家のほうが落語家さんに、むしろ祝儀を切るべきではないか」

という意見がある。
いろんな考えかたがあると思う。○○さんに、自分の根多を手掛けて貰えただけで幸せなので金など要らない、という気持ちはわかる。私も「井上は金のために落語をこしらえているのか」などと問われたら「そうではない」とは答えるが、それでも原稿料は取るべきだと思う。

「原稿料を『支払う・受け取る』からこそ、その仕事には『責任』というものが発生する」

私はそのように考えている。もちろん無料で落語をこしらえることもある。正直に打ち明けると結構多い。それにはいろんな事情があるわけだが、基本的には原稿料は取るべきだろう。

「それでは原稿料は幾らですか」

本当は、ここで「井上新五郎正隆は、落語一席ならばこれこれ、こういう額で書かせていただきます」と、はっきりと宣言してしまえば良いのかもしれない。そのほうが落語家さんも私に依頼しやすいだろう。落語作家で食おう、とまでは行かずとも、台本などを頼まれたい、のであればこういう様々な気遣いは必要である。
もっと具体的に言うと、おのれの公式サイトを作り、そこに「自分は何者であるか」という自己紹介と、自分の書いた台本のサンプルと、出来ればその台本が実際に口演された時の、音声サンプルを載せる。何かの受賞歴もあればそれも書く。○○さんに○○○という根多を掛けていただきました、という実績も記す。購入後の、根多の取り扱いについてもきちんと触れよう。

私の場合は次の通りだ。

・根多をどんなに変えても一向に構いません。サゲを変えるのも大丈夫です。根多を原作以上のよりよいカタチに進化させて下さい。
・演題を記載する際には「井上新五郎正隆・作」と出来るだけ書き添えて下さい。
・演題を変えたい時は御相談を。
・何べん再演しても追加料金は取りませんが、放送に乗せる時には事前に御一報下さい。
・初演でもそれ以降でも良いので、口演した際の音声を一度だけ録音し、私にください。
・他の落語家さんに「この根多を自分にも教えて貰いたい」などと頼まれた場合、その人に稽古を付けるかどうかの判断はお任せします。個人的にはいろんな落語家さんたちに自作が広まるのは嬉しいです。

こんなところだろうか。落語作家の看板を掲げるのであれば、やはりインターネットをフル活用する必要がある。SNSで情報を流し、活気ある動画サイトに自信作を上げておく。若手真打・二ツ目さんたちのネットでの広報活動を参考にしよう。

おのれを棚に上げて言うのだが、落語作家としてとことんやるのであれば、いろんな根多に挑戦するというのも面白い。未開拓の分野がまだまだあると思う。

落語家さんが「講演」で使える落語を作る。これは需要があるのではないか。

講演とは、例えば「笑いと健康」というような主題であれば「笑うと免疫力が上がる・笑うには落語が一番である・落語は日本の昔からの美点を現代に伝えている」みたいなものについて、落語家さんが喋るもの。主題に合わせた講演(漫談)をした後で、落語を披露するのが(しない場合もあるが)一般的なカタチの営業だ。国や都道府県、区や市町村、企業や団体が良く主催している。

この、講演での漫談を作るのも良いが、これらの主題を一席の落語にしてしまう手もある。

例えば「笑いと健康」ならば「健康落語」だ。この台本をこしらえ、サイトに原稿の一部を抜粋して載せて販売するというのはどうか。

健康落語だと漠然としているのであれば。

・笑いによる免疫力の向上
・早期発見を目指した定期的な健康診断の促進
・適度な運動でメタボリックの解消
・認知症防止の脳トレーニング

・ストレッチで身体を柔らかくして転倒予防

こんなふうに細分化することも出来る。物語のような根多を作るのか、それとも漫談のような地噺を作るのか。どちらにしても重要なのは、お客さまたちを「聴いて笑えた」だけではなしに「聴いて笑えて学べて得をした」という気分にさせること。

健康ものに限らず、講演で使えそうな根多は幾らでもある。例えばだ。

・生涯学習のすすめ
・年金の正しい知識を得よう
・詐欺への注意喚起
・円滑な人間関係を構築するコツを落語から学ぼう
・住んでいる地域の歴史を知ろう
・会場のみんなで歌う懐メロ落語の会

まるでカルチャースクールだが、懐メロ落語の会用の台本などは需要があるのではないか。歌声喫茶落語会。買いたいという落語家さんは私にまで連絡を。自分の新作で風刺をやりたいと考えている人は、こういうものに取り組もう。これも立派な社会風刺になる。

ところで、落語の台本料以外に、落語作家が落語のことで稼げる方法はあるのだろうか。ある。落語作家の看板を掲げ、落語会を企画したり「落語とは」みたいな、落語を紹介・解説する文章を執筆したり、落語に関する書籍を出版したり、などなど。私もかつて、フィルムアート社さんのサイトに「落語の現在がわかる、この十冊」という文章を書かせていただいた。落語評論をするつもりはないが、書評のようなものであれば書いても良いかなと考えて引き受けた。

こういう仕事は座して依頼が来るとは思えない。私も、落語に関する書籍について語るという会に出演したのがきっかけで、この書評めいた文章の依頼が来たのである。サイトやブログを作り、ネット上で何かしら発信し続けるのは大切なことだ。私もやらないと。そう。もう一度だけ記しておこう。

「いいか、これからの世の中はな、仕掛けた者だけに栄光があるんだ」

やはり仕掛けるべきなのだ。

「落語に関する仕事と言えば、落語評論の仕事なんてのもあるよね」
「あるよ。あるけど、私が思うに落語作家は落語評論には手を出さないほうが良いと思う。どうしてなのかって。落語家さんたちから嫌われるから」

「けなしたら嫌われるだろうね」
「褒めても嫌われるよ」
「なんで」
「下手に誰かのこと褒めると、他の落語家さんから『あんなヤツのこと褒めやがって』って言われるんだ」
「難しいもんだね」

落語作家というのは、落語家さんたちに嫌われながら続けられる仕事ではない。だからこそ評論などやらないほうが賢明だ。井上さんお勧めの落語家さんを十人挙げて、という依頼ですら嫌われるもと。落語評論の原稿料には、恐らく落語家さんたちからの嫌われ賃が含まれていると思う。落語作家が、落語を作るのと並行して評論活動をするにはかなりの覚悟が必要だ。だから私は正直言ってお勧めしない。

落語家さんにヨイショをしろと言うわけではないのだが揉めないで済むほうが良いだろう。そもそも落語作家は評論する側ではない。評論される側だ。落語家さんと共に、評論家たちからの攻撃を迎え撃つ立場である。それなのに、落語作家が落語家さんを攻撃するなんて如何なものか。それでは同士討ちだろう。

あと、インターネットでやれることは。そうそう。クラウドファンディングはどうか。

例えば「私が、○○さんにあてがきで○○という新作落語を書いたのですが、それを披露する落語会の開催に掛かる費用をどうか集めさせて下さい」とか。もっと大きな企画であれば「私が、これまでに原稿を託した十三人の落語家さんをもう一度お呼びして、その全員に一席ずつ、私の根多を再演して貰う落語会を開催したいのですが」とか。これでは集まらないだろうが。

十九　これまでの話の逆張り

芸談とはある意味、自己弁護なところがある。根多をしぼり、徹底的に言葉を刈り込んで磨き上げた八代目の桂文楽師匠が、三遊亭圓生師匠のことを「あれは無駄ばかり」と評したのがまさにそれ。圓生師匠の芸を肯定することは自身の否定に繋がるからだ。

そのように考えると、私がこれまでに述べてきた話はその全てが「おのれの正当化」なのかもしれない。落語をどのようにこしらえるのか。それは人それぞれだ。書き手の数だけ作りかたがあるはずだろう。どんなに偉そうにして語ろうが、私の方法論が全ての人に当てはまるわけがない。むしろ私の言いぶんに反論したい人たちのほうが多いのではないか。駆け出しが何を言うか、なにが擬古典だ、なにがあてがきだ、みたいに。

それでも、これだけは信じて欲しい。私は、自分のやりかたを押し付けるつもりはない。大切なのは、私のやりかたをそのまま真似するのではなしに、あくまで「参考にする」程度で抑え、あれこれ試行錯誤しながら、自己流の作りかたを追い求め、確立すること。何べんでも言うが、私の意見など「叩き台」にすべきだ。

極端な話をすれば、私がこれまで述べてきた話を全否定し、私とは反対のやりかたを追求しても落語は作れるはずである。では、おのれの意見に反論してみよう。

(一)擬古典よりも古典の改作

落語を作るのになぜわざわざ江戸・明治を舞台にする必要があるのか。書き手がその時代に詳しいのであればこしらえるのも良いだろうが、決してそういうわけではないはずだ。

その時代に対する知識・見識に支えられていない擬古典など、古典落語の二次創作の域から飛び出ることのない、粗悪な、時代劇崩れでしかないだろう。擬古典を知識もないのに無理に作るよりも、古典を自分なりに解釈し、現代人の感覚でその主題を再定義してみせ、それらを踏まえた斬新な改変を行なうことで、昔からの根多を、今の世の中に通用するものに手直しをすること。その作業のほうに取り組むべきだろう。古典落語の「アップデート作業」というやつだ。

これは、現在そういう古典落語の改作が流行しているから、若手・中堅たちがそんな方向を目指して活躍しているのが主流だから、というわけではない。そもそも、受け継がれてきた根多を、現代人の感覚で手直しするというのは、令和の時代に始まったことではないのだ。平成も、昭和の時代も、恐らくその前の時代から、落語の改良、というのは行なわれてきた。古今亭志ん生師匠が

「火焔太鼓」を、三代目桂三木助師匠が「芝浜」を見事に作り替えたように、昔からあることだ。現代を踏まえてお客さまにウケた根多が、新しい伝統となる。落語とはそういうものだ。

ゼロから擬古典ものをこしらえるよりも、古典落語を現代の視点で改作してみせるほうが、よほど落語のためになる。やりがいも大きいのではないだろうか。他にも、埋もれた根多の掘り起こしや、上方落語の根多を江戸落語に移し替える、という仕事もある。擬古典にこだわる必要は特にないのでは。

(二)あてがきは効果が薄い

○○さんのために、と、口演する落語家さんを踏まえて根多をこしらえる「あてがき」だが、なにも無理にそのことにこだわる必要はない。

あてがきが落語家さんに敬意を払うことに繋がる。それは確かにそうだ。誰でも良いからこの根多を口演して、みたいな態度では落語家さんに失礼だろう。あなたのために書きました、という姿勢のほうが手掛ける落語家さんも喜んでくれる。だが、落語家さんを尊重することはあてがきの他でも出来るのではないか。

そもそもだ。作家のするあてがきは、はたして本当に機能しているのだろうか。効果はちゃんとあるのだろうか。○○さんにはこういう根多が似合うのでは、こういう根多もはまるのでは、などと考えて落語をこしらえても落語家さんは作家の台本に手を入れる。悲しいがそれはあてがきが見当はずれの証拠だ。

私はあてがきで落語をこしらえているんです、などと偉そうに述べても、現実は、落語家さんに筋立てを変えられ、クスグリは足されたり抜かれたりしている。苦心したサゲまで直されることもある。これでは「あてがきはきちんと機能している。効果はある」とはとても言えない。

(三)現代語のクスグリを駆使しよう

ここぞというところで、現代語のクスグリをぶつけてみよう。擬古典による江戸・明治の世界から逸脱すればするほどお客さまにどかんとウケるはずだ。それまで築いてきた擬古典の世界観が崩れる、という批判もあるだろうが、それ以外のところがしっかりしていれば、現代語の一つや二つ入れたくらいで、はなしは台なしにならない。すぐにまた元の世界に戻れる。安易な多用はいけないのかもしれないが、現代語・流行語・時事ネタなどの類は、お客さまには意外と受け入れて貰える。作家が考えているよりも。

私には、擬古典ものをこしらえている作家よりもお客さまたちのほうが、その感性が柔軟なように思えるのだ。作家のほうがむしろ「かたくな」ではないか。たとえ擬古典であろうと、その根多の時代考証を最優先すべきではない。落語なのだ。大切なのは「面白いかどうか」である。

むしろ、作家が気を付けなければいけないのは、その現代語・流行語・時事ネタが、時代遅れになっていないか、適切なところでちゃんと使用できているか、ということ。現代語という荒業を使うのだ。はずしてはいけない。流行りの言葉以外でも、現代語をぶつける時、また、現代的なはなしの流れ・展開を用いる際は、注意が必要なことは言うまでもない。

落語は学問・研究ではないのだ。もっと自由に、のびのびとこしらえてみよう。

(四)あえての説明台詞

新作落語では、その根多の設定・世界観がどんなものなのか、お客さまに早いうちに理解して貰うことが重要だ。根多がどういうものか把握されなければその高座は大失敗。お客さまから見限られてしまう。だからこそ斬新・突飛な根多は作るのが難しい。どんな手を使おうと、それがとても野暮なやりかただとしても、お客さまに「これはこういう根多なんですよ」と早めに、はっきりと伝えなければならない。

ならば、手段を選んでいられないのではないか。マクラで「これはこれこれこういう根多なんです」と、先に説明してしまうことも良いのではないか。根多に突入した後で、登場人物たちに説明的な、不自然な台詞をなんだかんだ喋らせることも全てが許されるのではないか。登場人物に「作者が言えって、そう言ってるんだもん仕方ないよ」などと、メタフィクションなことをあえて言わせたとしてもその根多の世界観を伝えることのほうが大切ではないか。

説明台詞なしで、すんなりと根多が進み、お客さまに自然なカタチで根多の設定を理解して貰えたら、それはもちろんそのほうが良い。だが、ややこしい根多の時は手段を選んでいる余裕などないのだ。それがたとえ野暮だとしても、お客さまを置き去りにするよりはマシである。

(五)人情噺でみんな感動したい

とことん笑える根多、心底くだらない根多、馬鹿馬鹿しい根多よりも、泣いてしまう根多、いやァ良いはなしだったなァとしみじみ思える根多のほうが、ここ最近は求められ、評価されているように私には思えてならない。

仲入り前はゲラゲラ笑い、トリでは感動したいというお客さまが増えたようだ。そのことを非難しているわけではない。ただ、最近の風潮・流行はこうだ、という話。

お客さまが、もしも、そういうものを望んでいるのであれば、素直にそれを提供すれば良い。人情噺でうならせて欲しければうならせる。期待には応えるべきだ。自分の好き嫌いで根多をこしらえるのも良いが、お客さまを喜ばせるのが作家の使命。独りよがりは駄目だ。これぞ人情噺だというものを作るのもまた一興ではないだろうか。腕試しのつもりで。

喜怒哀楽を制覇する。そんなつもりで色々と試してみよう。笑わせるのは大変。恐らくそれが一番困難なこと。では、人情噺をこしらえて、お客さまを泣かせて感動させてみると良い。実際に作るとなるとこれもなかなか難しいことがわかるはずだ。泣かせるなんて簡単、と言うだけならば楽である。ならば作れ。正面から人情噺に向かい合おう。これぞ、とでも言うような「決定版」を。しかも、あえて手垢のついた題材で。満座のお客さまを感動させてみろ。

(六)風刺の何が悪いのか

前述したように、落語家さんというのは世情のあらで飯を食うもの。マクラや、クスグリなどで世相を斬るとまではいかずとも、いじるくらいのことはする。話題の出来事に触れるのであれば、どうしても自分の意見・考えを表明せざるを得ない。それが自然である。

例えば、コロナ禍について触れるとしよう。コロナで落語会が次々と中止・延期、仕事がどんどん消えるという話をする。マスクがどうだ、消毒がどうだ、緊急事態宣言・蔓延防止がどうだ、ワクチン接種がどうだという話になる。これくらいの話題であれば波風は立たない。

では、ここからどこまで踏み込むのか。

「ワクチンの予約が取れないのは政府が悪い」
「そもそも政府が何もかも悪いのだ」
「総理が気に入らない」
「どの政策も戦前のような匂いがする」
「あいつらに任せておけない」
「デモで与党を倒そう」
「ワクチンの接種を野党が邪魔している」

「野党の連中が何もかも悪いのだ」
「代表・委員長が気に入らない」
「対案を出さずに反対しか出来ない」
「あいつらに任せておけない」
「選挙で野党を潰そう」

いずれにしてもだ。おのれの考えを述べて何が悪いのか。考えを踏まえた根多をこしらえてどこがいけないのか。いつの時代でも風刺は必要なものである。

(七)まずは作家として売れること

作家が忘れられて新作落語は初めて古典になる。その通りなのかもしれないが、落語作家が、自分のこしらえた根多を「古典落語」にしたいと願うのであれば、時代を超えて愛されるような品質の高い作品を生み出すのはもちろんのこと、おのれも落語作家として売れなければいけない。

あの作家の根多、ちょっと聴いてみようかな、と思われるくらい精力的に根多を作り続け、こしらえた根多を披露する落語会にお客さまたちを集めること。そこで、お客さまに喜んで貰えるような面白い根多を披露するのは言うまでもない。途切れることのないくらい、とにかく一生懸命根多を発表し続け、知名度と評価を高める。そして自分の会にお客さまがそれなりに集まることが落語界隈で周知されたら、落語家さんからの執筆依頼も増えるだろう。また「あの根多、あたしにも教えて」と一つの根多がいろんな落語家さんに広がるはずだ。

いろんな落語家さんに根多を提供できれば、はなしはどんどん磨かれ、古典の域に少しずつ近付いていくだろう。作者が忘れられて初めて新作落語は古典になるのだとしても、まずは売れなければならないのだ。誰かに磨かれなければ何も始まらない。

作家はあくまでも「裏方稼業」であり、落語家さんを差し置いて、脚光を浴びるような真似は本来すべきではないのだろうが、まずは落語作家としてそれなりに売れっ子になり、そこそこ評価して貰う必要がある。照れずに汗をかこう。

というわけで、おのれの意見に反論してみたわけだが、もしかすると、ここで反論した考えのほうに賛同する人たちも結構多いのではないか。

何べんでも言う。私は、自分のやりかたを押し付けない。参考にはして欲しいが。落語作りは試行錯誤の連続である。私や、いろんな人たちの意見を参考にし、時にはそれを取り入れ、時には受け流し、自分なりのやりかたを見付けて貰いたい。

これから活躍するであろう落語作家の、古典になれるほどの名作誕生の手助けが出来たら、叩き台として本望である。

二十　目の前のお客さまのために

二〇二二年。コロナ禍が終わらない。もしかしたらコロナの根絶は無理で、今後はコロナと共に暮らさなければいけないのかもしれない。そうだとしたら落語界隈は今後どうなるのだろう。

コロナのせいで落語会は中止・延期が続いた。公共の施設がまともに借りられない。借りられても客席の数に制限が課せられる。飲食店などでの小さな会は、会場が長期休業に追い込まれ、開催すら出来ないありさま。開催を目指して努力しても、会の直前に出演者に感染者が出てしまい急遽取りやめになることもある。

このような日々がいつまでも続くのだろうか。わからないからつらい。私の、落語作家の活動にも支障が出ている。

この御時世、擬古典の新作根多下ろしはなかなか出来ない。根多の再演も難しいところがある。コロナで高座数が減少した古典派の落語家さんは、喋る機会を得ると、その腕が鈍らないように持ち根多の中から古典落語を掛けることをどうしても優先する。擬古典の再演などは後回しにならざるを得ない。仕方ないことだが残念である。

もっとも、私は兼業作家なので食い詰める心配はない。そもそも落語で食えていないのだから。台本書きの仕事が減ったところで経済的にはそんなに困らない。情けない話ではあるが。本当に情けないのだが。

　それでも、鷹揚に構えていてはいけない。コロナ禍がいずれ終息すると願い、こんな状況がいつかは終わると信じて、その時が来たら一気に動き出せるように今から準備をしておかなければ。自分に何が出来るのか考えよう。それぞれが、それぞれに出来ることをやろうではないか。絶望は愚か者の結論だ、という言葉もある。やれることを探そう。そしてそれをやろう。

　ツイッターでの落語家さんの告知をリツイートして拡散するだけでも良い。そんな小さな行動でも落語のためになる。東京都内の寄席を助けるために募金をつのるクラウドファンディングも、たくさんの人たちによる心意気の積み重ねで、一億円もの浄財を集められたではないか。小さなことからコツコツと。コロナ禍でも出来ることを考え、実行しよう。

　私も、これまでに擬古典ものをこしらえてきた際に、考えたこと、感じたこと、気付いたことなどをこのようにして記している。この一連の、擬古典についての文章が、これだけ書きためられたのも、コロナ禍において、はたして落語作家に何が出来るのかを考え、実行してみた一つの成果である。出歩けないぶんの時間をぶつけたからだ。

　それにしても。こうして擬古典について、なんだかんだと書いてみたことで改めて気付いたことは多い。例えば、持論にあえて反論して気付いたこと。それは「根多を後世に残したければ、落語作家として売れること」論である。落語作家が売れる、というのは「おのれのこしらえた根多が評価され、落語界隈でその根多や、作者の名前が広く知られるようになること」だ。

具体的に言うと、いろんな落語家さんにたくさんの根多を提供し、それらの根多を聴いた他の落語家さんに「あの根多をあたしにも教えて貰えませんか」などと頼まれる。あの作家の根多をもっと聴きたい、というお客さまが増え、集客力が付けば「○○さんの掛けてる根多、あれあたしにもやらせて」などと言われたり、また「あたしにも根多を書いて欲しい」という依頼が来る。台本書き以外の仕事も来るだろう。落語作家としてこの域まで到達できれば、こしらえた根多の幾つかは後世に残るのではないだろうか。

では、どうすれば「売れる」のか。これまで売れたことがないのでわからないのだが、恐らくは面白い根多を次々と生み出すのは最低限の条件で、それに加え、知名度を上げるために、色々と仕掛ける必要があるのではないか。たぶん。話題になるような企画の会を開催したり、ネット上や活字・映像媒体に顔出しで登場したり、などなど、あちこちで名を売り、仕事が来るように努力を続ける。ただ、有名になると色々と言われるはずだ。それは避けられないだろう。

だが、売れることで得られるものは大きい。全ては「自分の根多を後世に残すため」に。とは言うものの、売れるのにそんな頑張りが必要ならば、私には無理だ。これはもう性分だからとしか言いようがない。私はそこまで元気な身体と心の持ち主ではないのだ。

売れる才能がある人は売れたら良い。いや、売れたらではない。売れて貰いたい。とことん売れて突き進んで欲しいと心から思う。それこそ、落語を知らない人を、落語の世界に連れてこられるほどの存在になって貰いたいのだ。落語作家で食えるようになりたい、などと考えている人は、そんな高みを目指して欲しいものだと思う。

令和の時代、専業の落語作家・小佐田定雄先生のあの高みを狙える人といえば誰か。残念だが私ではない。その候補になれる人は色々といるのだろうが、しいて言えば、近年意欲的に活動を展開し始めた落語作家・ナツノカモ先生だろうか。かつては本職の落語家さんであり、落語作家に転向してからは若手を中心に作品を提供。不思議な味わいの作品世界に魅せられる人は多い。

また、これこれこういう根多が聴きたい、というお客さまの注文に合わせて落語を作り、自ら実演・録音して販売したり、落語作家になるまでの軌跡を私小説にして発表したり、個展を開催したり、などなど、もはや「売れっ子」と呼んでも差し支えない。落語家時代からのお客さまたちの応援や、昔の落語家仲間からの支援もある。

ナツノカモ先生の活躍ぶりを見ていると、もう「落語作家として食えるのか・食えないのか」という段階ではなしに「落語作家で食うんだ」という想いを感じる。覚悟した人は強い。

私はどうだ。


「落語作家として売れたい」

そうは思うが無理だろう。根拠なしで「売れたい」などと吠えるには、私はいささか歳を取り過ぎている。どんどんと執筆して、どんどんと露出して、という売れかたが、おのれには明らかに不向きだということに、さすがに気付いている。そこを目指すのは無理だ。誰もが、手持ちの札でしか勝負できない。それならば、どこを目指すのか。


「落語作家で食えるようになる」

「後世に自分の根多を残す」

「落語作家として売れる」


私の行き先はそこではない。おのれを活かせるところに向かわなければ。

そう。落語作家は食えるんですか、などと、いつもの質問をされたら、その時に私は、食える食えないの話をすべきではなかった。私の目指すところは、落語台本で食える食えない、というようなものではありません、と、そう返さなければいけなかったのだ。

原稿料は大切だ。欲しい。タダの原稿はタダの扱いを受けがちだから。落語作家で食えるのであれば食いたい。執筆にも専念できるから。また、完成した根多に支払われる金額は、落語作家という看板を掲げた者に対する、客観的で具体的な評価の一つのカタチである。私の根多に幾らまで払えるのか。その金額は知りたい。怖いけど知りたい。たとえ落語作家として食えなくても、台本執筆を依頼されたら原稿料をきちんと取るのが当たり前。やりがい搾取を許してはいけない。

もちろん原稿料を取る以上は、とても面白い、魅力のある根多を、期日までに責任持って作らなければならない。そうなのである。原稿料は責任を生むのだ。責任というものは原稿の品質を向上させる。だからこそ胸を張ろう。堂々と報酬を受け取ろう。当然の権利だ。

だが、原稿料が第一義ではない。売れることも最優先ではない。少なくとも私には、根多の品質こそが一番大切なのだ。綺麗ごとのように聞こえるかもしれない。売れることよりも根多の品質などと言うと、落語で食えていない作家の、正論・理想論を盾にした言い訳のように聞こえるかもしれないが。食えるか食えないか。自分のこしらえた根多が後世に残るかどうか。今後はどちらも二の次とする。

「目の前にいるお客さまを喜ばせること」

これが最も大切なことだと掲げて行こう。私の根多を聴いたお客さまが、その帰り道で「今日は落語を聴きに来て良かった。本当に楽しいひと時を過ごせた。また来よう」と思えるように。

こうしたことの積み重ねが、落語の普及や、落語界の盛り上がり、はては落語ブームに繋がるのだ。コロナに潰された平成落語ブームの仇を討ちたい。その活動のはてにいつの日か「令和落語ブーム」が来るかもしれない。それを目指すくらいの気概はある。私はかつて落語会のプログラムに次のように書いた。

「小さな落語会の積み重ねが落語の未来に繋がると信じて」

高座から生まれたお客さまの喝采の積み重ねが、落語界の未来に繋がるのだと私は信じてやまない。そこには古典派・現代新作派・擬古典派の区別はない。落語から生まれた笑いが大きなうねりを生むのだ。気負い過ぎかもしれない。自己陶酔じみたことを書いているかもしれないが。落語作家という、まともには食えない仕事をしているのだから、せめて「志」だけは大きいほうが。

そしてまた、この一連の文章を読んだ人が。

「井上さん。落語作家でも食えますって」

みたいに、私にはっきりと反論してくる才能の持ち主たちが登場することにも期待している。落語作家で食えないなんて井上に才能がないだけ、と言われたい。現に小佐田定雄先生は落語作家で食えている。

よし。私がすべきことは、コロナ禍が終わろうが続こうが落語を書くことだ。それが落語のためになると信じて。落語はしぶとい。コロナでブームが潰されようと何度でも盛り返すはずである。無粋でも野暮でも良い。あがいてもがいて落語を書こうではないか。創作に付き物である孤独に耐えて。その孤独を根多にぶつけて。コロナで離れたお客さまを引き戻そう。食える食えないはもう良い。たとえこしらえた根多が一席だけでも、それを落語家さんに手掛けて貰えれば立派な落語作家なのだ。専業や兼業は関係ない。とことん根多を突き詰め、考え抜いて書こう。そのことを最優先していこう。

落語作家は、ひとを笑わせるという素晴らしい仕事をしている落語家さんを助ける存在だと自負しよう。くだらない、馬鹿げている、何の役にも立たないことばかりを四六時中ずっと考え続けている。あれは根多に使えないか、これは使えないか、などとのんきにもほどがあるだろう。だがそれでも、そんな自分が嫌いではない。笑いを作る。なんと素晴らしいことか。

落語を書きたい理由は色々あるだろう。稼ぎたい。目立ちたい。落語作家で食えるようになりたい。先生ェ先生ェとちやほやされたい。好きな落語家さんと知り合いたい。承認欲求をもっと満したい。金は無理だとしても名誉が欲しい、などなど。私利私欲まみれ、みたいなものもあるだろう。それを否定するつもりはない。だが、これらは二の次にしないと駄目だ。あくまでも最優先すべきこと。それは。

「お客さまの笑顔のために」

この軸だけはぶれさせないように。

落語作家が高座に上がるわけではないのだから。落語家さんにおのれの根多を託すのだから。お客さまたちのために。落語と落語家さんたちのために書こう。どこまでも心をこめて。それがお客さまの笑顔に繋がるから。

とはいうものの、私も、正直なところ、少しは売れたいし、褒められて承認欲求を満たしたい気持ちはあるし、大好きな落語家さんとお近付きにもなりたい。自分の根多を後世に残したいという夢もどうしても捨てきれない。

私は、いつまでも揺れ続けるのだろう。

「落語作家は食えるんですか」

という問いに。

第二章　全二十六席のかんどころ

一　殿様いらず

初演・春風亭三朝師匠(当時は二ツ目で春風亭朝也さん)
第一回井上新作落語みつぼし　二〇一六年九月十日　神保町・らくごカフェ

殿さまが「父上もお祖父さまも名君。余も名君になりたい」と言い出す。父と祖父のように自分も直にまつりごとに手を出したいという殿さまに対し、三太夫は我が藩には特に困りごとなどないし、まつりごとというのはすぐに成果を求めてはいけないもの、と諭す。

それでもすぐに名君になりたい殿さま、三太夫の目を盗んで城を抜け出し、身分を隠して、城下に飛び出してしまう。殿さまの魂胆は、民の不満を聞き出し、それを煽動して一揆などの騒動を起こさせてから、その騒ぎを自ら鎮めることで名君の評判を得る、というもの。

城下に出た殿さま、早速町人に「まつりごとに不満はないか」と尋ねてみるが、不満など何もないと返されてしまう。焦った殿さまがその町人に「一揆を起こせ」と言うと「とんでもねえ野郎だ」とみんなから袋叩きに。城に戻った殿さま、三太夫に「これからまつりごとをするにしても少しずつ」と慰められる。一揆が起きたと知られたら一大事と言われ「そうであるな。徐々にゆっくりやらねばならん。一気(一揆)はこりごりだ」

注目して欲しいクスグリ・フレーズ

どんなことをしても名君になりたいと駄々をこねる殿さまを、家来の三太夫がこれ以上付き合いきれないと突き放してしまう。

「殿、わたくしも忙しゅうございます」

一揆を煽動したと言われ、袋叩きに遭う殿さまを、殿さまの小姓である猫丸が助けに来る。

「痛い痛い痛い痛い……誰か助けてくれェ」

「(小声で)殿」

「猫丸……猫丸ではないか」

「ごきげんうるわしゅう」

「うるわしゅうない」

作者自らの感想

落語作家の看板を掲げて初めて披露した根多の一つ。前述の通り、サゲは友人が考案したもの。結局殿さまは大失敗したわけだが決して愚かな人物ではない。家来たちにもなんだかんだで慕われている。殿さまの人の良さが伝われればと考えて書いた。いやなヤツが失敗して、お客さまたちが「ざまあ見ろ」と感じるような根多は、個人的にあまり好きではないからだ。

二　わけあり長屋

初演・林家たけ平師匠

第一回井上新作落語みつぼし　二〇一六年九月十日　神保町・らくごカフェ

もうじき赤ん坊が生まれようという最中に、若旦那は幇間の一八のうちを訪ねる。そこは怪奇現象が起きるので有名な長屋で、若旦那は一八にこんなところは引き払えと言いに来たのだが、のんきな一八は「幽霊なんてヨイショしていればこっちのもの」と取り合わない。

それどころか一八は、この長屋での怪奇現象を楽しそうに若旦那に話して聞かせる。断末魔と共に消えた隣人たち・姿見に映り込む血まみれの女・鼻歌に合いの手を入れる者・押し入れに助けてくれという落書き・時計が無いのに鳴る音がする、などなど。

これから吉原に繰り込みましょうという一八に、若旦那は、おまえはもう死んでいて、自分はおまえを成仏させようと拝み屋の真似事をしに来たと告げ、一八をあの世に向かわせる。一八は「すぐに生まれ変わりますから」と言い残して成仏する。若旦那がしみじみしながら店のほうに戻ると、番頭が慌てながら「若旦那。赤ん坊が生まれましたよ」「それァ良かった」「それがその」「どうかしたのかい」「赤ん坊がおぎゃあと言わずに『ヨイショ』って」

注目して欲しいクスグリ・フレーズ

こんな長屋には一八しかいないと思いきや。

「去年の冬までは隣ィ住んでましたよ」

「こんなとこにいたのか人が……今ァいないんだろ」

「いないですねェ今は……去年の冬です。あたし真夜中にグーッて寝てたの。そしたら隣の部屋でもってギャーッ……あれっきり見ないんですよ」

嬉しそうに怪奇現象のあれこれを語る一八。

「(姿見に)映ってる自分に何となくじゃんけんしたのよ。三度続けて負けちゃった」

「頼むからそこは引き分けてくれ」

作者自らの感想

成仏した一八が若旦那の息子に生まれ変わる、という結末は、お客さまに早い段階で気付かれるだろうと想像出来ていた。そのため「赤ん坊が一八さんにそっくりなんです」みたいなサゲではなしに、少しだけひねり「赤ん坊がヨイショって(言って生まれてきたんです)」というまた違うおかしみのあるサゲにした。こうするだけでもお客さまがサゲから受ける印象は違うはずである。

三　みちばた詩人

初演・桂夏丸師匠(当時は二ツ目)
第一回井上新作落語みつぼし　二〇一六年九月十日　神保町・らくごカフェ

ある日突然、四十過ぎの男が内縁の妻に別の男と駆け落ちをされてしまう。男と、内縁の妻の連れ子の少年は大弱り。内縁の妻の稼ぎで暮らしていたためである。男の仕事は、客から題を貰い、それを盛り込んだ詩を即興で書いて金を受け取る路上詩人。そのことを初めて知った少年に男が腕を披露するも微妙な出来。気付けば路上に出る時間に。少年も男に同行する。

路上の二人に客は来ない。近くで路上ミュージシャンたちの盛り上がりを見た少年は、同じようにどんどんと歌い出す。すると歌声に釣られて客が来るように。だが男の詩は全く売れず、少年が暇つぶしに描いていた猫の絵だけが飛ぶようにして売れる。

帰り道。この先どうするという話になり、少年は男と暮らしたいと言い出す。炊事でも洗濯でも何でもやるという少年に、男は「君が歌うと、歌声に釣られてお客がどんどんやってくる。猫の絵も良いが、それより重大な役目を君には与えよう」「何ですか」「隣で路上ミュージシャンやってくれ」

注目して欲しいクスグリ・フレーズ

内縁の妻に他の男と逃げられて絶望する男。

「自分の愛する恋人が、他の男と駆け落ちをしたなんて知らされたら、そりゃ驚くに決まってる。今まで四十年生きてきて二番目につらい朝だ」

「一番目は」

「母親が担任の先生と駆け落ちしたと知らされた朝」

路上詩人としての腕前を披露しようとする男。

「良かったら題を出してくれないか」

「それじゃあ『駆け落ち』でお願いします」

「傷をえぐるねェ」

駆け落ちという題での即興の詩を見る少年。

「見せて下さい。ええと……『必死に生きれば毎日が幸せとの駆け落ち』……おじさん。これ見て僕は一体どういうリアクションを取れば良いんでしょう」

作者自らの感想

私にしては珍しい現代ものだが、どちらかと言うと昭和のにおいのするものが出来た。夏丸師匠の「とにかく歌いたい」という要望を受けた根多でサゲは師匠が考案。台本では歌は一曲だけだったが師匠が三曲に変更した。

四　松勘づつみ

初演・立川談四楼師匠
第二百八回下北沢立川談四楼独演会　二〇一六年十月十五日　下北沢・北澤八幡神社

明治の頃。ある田舎町に鬼と呼ばれる質屋「松勘」があり、その跡取りである若旦那は遊んでばかりの毎日を過ごしていたが、ある日、降り続いた雨のせいで土手が切れ、町の半分が大水に襲われる。若旦那は命拾いしたものの仲の良いシジミ売りの少女が溺れ死んでしまう。

これを機に若旦那は遊ぶのをやめ、旧知の幇間持ちに助けられながら土手を築こうと一念発起するが、土手を作る許可はなかなか下りない。川の向こう側に住む金持ち連中が土手作りに反対しているせいである。父親が急逝し、松勘を継いだ若旦那は、店の金を役人たちの接待や、土手の建設に湯水のようにつぎ込む。だが完成まであと二割で金が尽きたため、残りを国に作らせようと行幸中の天子さまに直訴。若旦那の願いは無事聞き入れられる。

土手は完成したが破産した若旦那。幇間持ちと二人で東京へと夜逃げをすることに。自分のこしらえた土手の上を歩きながら「それにしても見事にすっからかんだな。俺には何にも残ってねえや」「何を言ってんですか。こんな立派な土手を残しました」

注目して欲しいクスグリ・フレーズ

川の南側に立派な土手を作ると、次に大雨が来た時に水が来るのは北側になるために、北の連中は役所に圧力を掛けて、若旦那の土手作りの邪魔をする。北側は金持ちたちが住み、南側は貧乏人たちが住んでいる地域。幇間持ちがそのことを皮肉まじりに言う。

「南に立派な土手が出来ると、面白くねえことでもあんのかねェ。色んな条件を出してくるんですよ。作っても良いが北より高くしちゃいけねえ、とかなんとか」

完成した土手の上に役人たちが築いた石碑を見て、若旦那と共に夜逃げをする幇間持ちが言う。

「にしてもシャクなのがこの石碑ってえの。よくもこの役人ぶったてやがったこんな物をねェ。

邪魔でしょうがねえこんな物。色々書いてありますよォ名主の名前とか役人の名前とかさァ……でも、こん中に若旦那の名前がこれっぱかりも出てこない」

作者自らの感想

擬古典の人情噺。私の故郷の偉人・松尾与十郎先生の築堤事業の挿話（土手の反対側の妨害・役人の接待など）を参考にしたが、最大の見せ場「天子さまへの直訴」は私の創作である。

五　五郎次郎

初演・立川談四楼師匠

第二百十二回下北沢立川談四楼独演会　二〇一七年六月十五日　下北沢・北澤八幡神社

宿場町。上尾五郎次郎《あげおごろうじろう》と名乗る一人の侍が開店前の居酒屋に現れる。

信濃屋の用心棒に雇われたという五郎次郎、信濃屋の用心棒たちのたまり場に行き、挨拶代わりとして大量のふるまい酒を居酒屋の小僧に届けさせる。気が利くなァ新入りと、用心棒たちは喜んで酒宴が始まる。自分らの稼業の愚痴をこぼしながら、みな、どんどんと酒を飲む。

そこに信濃屋の主人が飛び込んできて「もう我慢できない。今なら商売敵の越前屋を一網打尽に出来ます」と訴えるが、用心棒たちはふるまい酒でべろべろ。そこに越前屋の刺客が乗り込んできたがこちらもべろべろ。

五郎次郎は、実はこの宿場を取り仕切る新しい代官であり、信濃屋と越前屋を泥酔状態にしたのも五郎次郎の策である。双方仲良く飲もう、言うことを聞かなければ皆殺しという五郎次郎に、居酒屋の小僧が唐突に「付きました」と現れる。付いたとの言葉に、信濃屋と越前屋が、お代官さまは本当はどちらに付くんですかと、五郎次郎に迫ると「そうではない。酒の燗《かん》が付いたのだ」

注目して欲しいクスグリ・フレーズ

五郎次郎が、自分の腕前を用心棒たちに披露するために天保銭一枚を放り投げると、天保銭はどこかへと消えてしまう。五郎次郎、用心棒の一人に「おまえ、たもとを探れ」と言う。調べるとそこには消えたはずの天保銭が。まるで手品師のような腕前に用心棒たちは。

「いや、俺ェてっきり天保銭を真っ二つにするのかと……すげえけど、すげえけどさァ」

「わしの腕がわかったか」

「わかったけどさァ」

酒宴での用心棒の貧乏語り。食うものに困って思わず猫いらず入りの団子を食べてみたら。

「七転八倒。もはやこれまでかと何度思うたか。九死に一生を得たがその時に大きな学びも得た」

「どんな学びで」

「猫いらずは人にも効く」

作者自らの感想

談四楼師匠に「今度は滑稽噺をお願い」と依頼されて書いた根多。黒澤明監督の映画『用心棒』に似てしまわないように注意した。描きたかった一番の場面は用心棒たちの酒宴の様子である。前述したように談四楼師匠の北澤八幡での独演会の打ち上げを参考にした。

六　まんぷく番頭

初演・柳家一琴師匠

第一回落語作家井上のかたち　柳家一琴の初物づくし　二〇一七年九月二日　神保町・らくごカフェ

番頭が易者に声を掛けられ、おまえは物が食べられて仕方がない「食難《しょくなん》の相」が出ている、と言われる。だが番頭は信じないどころか望むところと返し、食難を呼び込むという「いただきます」の言葉を口にする。

店に戻ると、得意先の依頼で菓子の味見をすることに。下戸で甘党の番頭は喜んで菓子を平らげたが、故郷から戻ってきた、店の小僧の土産ものである、山ほどのせんべいも食べざるを得ない羽目になる。味見でもう満腹だという番頭はどうにか全てを飲み込んだものの、今度は店の主人に

「女房の連れ子が、初めてこしらえてくれたおむすびをおまえも食べろ」と迫られる。こんなことでヒマを出されては大変と、死ぬような思いでそれを完食した番頭、苦しみながら得意先の武家屋敷に逃げる。だがそこでも次々とうどんやそばを無理に食べさせられてしまう。

疲れ果てた番頭は易者に泣き付き「どうすればこの食難から逃れられるんですか」「なァに簡単なこと。いただきますから始まったのだ。ごちそうさまと言えば良い」

注目して欲しいクスグリ・フレーズ

番頭の人相を易者が見て。

「よくその顔で表を歩けるな……何かの罰か」

「あたし、おしおきでこの顔になってるわけじゃないんで」

物欲しそうに自分を見ている小僧に番頭が。

「おまえもこれ食べたいのかい」

「いただきとうございます」

「じゃあ早く偉くなって番頭になんなさい」

苦しみながらおむすびを食べる番頭。

「何だか目の前がボーッとしてきた……あれ。子供の頃、隣に住んでたミヨちゃんだ。懐かしいなァ……十年前に亡くなったおっかさん……何で……走馬灯だこれェ」

作者自らの感想

仕草、表情などで笑いを取るのが巧い柳家一琴師匠にあてがきをするのだから、動きを重視した根多、しかもトリが務まる滑稽ものを目指してみた。相当やりづらい根多だと思うが、初演は師匠のおかげで爆笑の渦。お客さまに大変喜んでいただけた。やはり作家はあてがきで根多を作るべきだと改めて思った次第である。

七　須田町こまち

初演・林家たけ平師匠

第二回井上新作落語みつぼし　色恋ばなし　二〇一八年二月十七日　神保町・らくごカフェ

町内の若い衆の集まりに遅れてきた男が、みんなに、今から何をするのか尋ねると、この町内に引っ越して来る近江屋の手伝いをタダでやろう、とのこと。

近江屋は、バスや電車の乗り換えで有名な神田須田町から引っ越して来るが、その店には「須田町小町」と仇名されている評判の女中がいる。その女が、若旦那や小僧たちと一緒に移り住んで来るから、あれこれ手伝うことで気に入られよう、という考えである。

町内の若い衆は誰もが小町狙いで、黒紋付きの正装の男・小町への想いを彫り物にした男・引っ越し先の庭に松の木を植えてやろうという男、などなど、それぞれが小町にどのように想いを伝えるか、みんなで真剣に話し合う。

だが、小町は近江屋の若旦那と出来ていることが判明。全員が落ち込んでいる中、一人の男が「小町は俺が本気を出せば、若旦那から簡単に俺に乗り換えるよ。須田町だけに」などと強がるものの、周りは「おめえはからっけつじゃねえか。乗り換えるにも銭が要らァ」

注目して欲しいクスグリ・フレーズ

仕事の続かない男がまた辞めた。

「おめえ、火の用心の見張り役やってただろ」

「それァ兄ィ間違いだ。あっしは火の用心の見張り役を見張る役なんです」

「ややこしい仕事してたんだな」


小町への想いを彫り物にしてみせた男。

「平仮名でもってね『こまちあいしてる』って」

「何かこれ、字が違うんじゃねえか」

「そうなんだよ。掘り師が字のほうに強くねえんだ。ちの字が逆でさ……こまさあいしてる」

小町に男がいると知って絶望する若い衆。

「でもねェみんなはまだ良いよ。見てごらんよォすみで泣いてんの。可哀想だよ。彫り物だ彫り物。どうすんのあれェ……おーい。こまさあいしてる、どうすんの」

作者自らの感想

もはや「須田町といえば乗り換え」ではないので、須田町の要素を抜いた根多へと直さなければいけないのだろう。ちなみに彫り物の内容は、原作では「須田町」で、初演では「こまさあいしてる」である。どちらも捨てがたい。

八　綾子に捧げるのど自慢

初演・桂夏丸師匠（当時は二ツ目）

第二回井上新作落語みつぼし　色恋ばなし　二〇一八年二月十七日　神保町・らくごカフェ

キンコンカンコン、キンコンカンコン。群馬県東吾妻町《ひがしあがつままち》の高校三年生・渡辺正太郎は、ＴＶののど自慢で合格の鐘を鳴らして優勝。次はチャンピオン大会に出場することになる。

帰り道、正太郎は美人でお嬢さまの綾子に一緒に帰ろうと誘われる。卒業後の進路について話すうちに両想いだということがわかり、二人は付き合うことに。友人にのろける正太郎に、友人は「綾子さんはおまえの他にも彼氏がいる」と告げる。二股どころか七股だと。

綾子はそのことを認めるが、自分には家業を継げる婿養子が必要なので人選は慎重にしないといけないと言う。そもそも正太郎のほうでも、自分と歌手になる夢とで二股を掛けていると綾子は指摘、大会辞退を迫る。だが正太郎は綾子よりも歌手になる夢のほうを選んでしまう。

大会当日。正太郎は、歌手として売れたら綾子は振り向いてくれるかもしれないと優勝を目指すが、会場に響いたのは正太郎の不合格を告げる鐘。カーン。

注目して欲しいクスグリ・フレーズ

チャンピオン大会の開催地・東京の渋谷は怖いところだと正太郎の担任は生徒たちに話す。

「みなさんの実力では、渋谷というところはまだ早すぎます」

正太郎は綾子に、自作だという歌を聴かせる。

「(『かあさんの歌』の節で)母さんのォ彼氏ィはァ、僕ゥの同級生ェ」

綾子を責める正太郎に、綾子は言い返す。

「勝手に惚れといて勝手にがっかりしないでよ」

作者自らの感想

不合格の鐘の音である「カーン」は、夏丸師匠自身が言うわけだが、お客さまから「前座さんに鐘を鳴らさせたら」との案をいただいた。鳴らす間《ま》が難しいだろうが一度は試してみたいものである。群馬県東吾妻町は夏丸師匠の故郷。主人公の「正太郎」は、台本の段階では「清太郎《せいたろう》」だったが、恐らく言いやすさの関係だろう、師匠が「正太郎」に変えた。春風亭正太郎さん（現・柳枝師匠）とは無関係。また「綾子」の命名には特に由来はない。もちろんモデルもいない。

九　隠居の遊び

初演・春風亭三朝師匠

第二回井上新作落語みつぼし　色恋ばなし　二〇一八年二月十七日　神保町・らくごカフェ

相模屋の隠居は今日も朝帰り。そのセガレで相模屋の今の旦那である幸太郎は、隠居が吉原の夕霧花魁《おいらん》に通い続けていることをチクチクと責める。

隠居は初会の際、夕霧が自分にべた惚れなので可哀想だと思い、すぐに裏を返したと言う。同じ花魁のもとに再び会いに行くことが裏を返すという言葉の意味だとわからない堅物の幸太郎に、隠居は嘆く。幸太郎は医者の玄庵を呼び、夕霧に会いたいから案内して欲しいと頼む。夕霧を自分に惚れさせれば振られた隠居の吉原通いも止まるはずだと。吉原に出掛けた幸太郎は夕霧に会い、そのあまりの美しさに言葉を失う。

その後、夕霧に振られ、吉原通いを止めた隠居のところに玄庵が現れ、隠居と夕霧との仲を裂いたのは幸太郎だと明かす。今では幸太郎が夕霧に入れ揚げ、店の金を使い込んでいる。隠居は「あいつがあんなに裏表のあるヤツだとは」「幸太郎さん裏表ありませんよ」「ないわけないだろ」「いやいや、表しかありません」「いいや裏がある」「いいえ。裏はとっくに返してあります」

注目して欲しいクスグリ・フレーズ

将棋を指していたと嘘をつく吉原帰りの隠居。

「あの穴熊の囲いがあたしは好きでねェ」

「そうですねェ。おとっつあんはほんとに囲うのが好きですもんねェ……将棋も女も」

幸太郎に連日の吉原通いを責められた隠居。

「入れ揚げてんのはあたしじゃない。夕霧のほうがあたしに入れ揚げてんだァ」

吉原好きの玄庵は、幸太郎の「あたしを吉原にお連れ願いたい」という頼みを喜んで引き受ける。

「あたくしが仕切ればすぐにこの身代傾きますんで」

パーッと遊ぼうとする玄庵と、渋い顔の幸太郎。

「どんどん飲みましょう。金は幾らでもある」

「あたしの金だ」

作者自らの感想

次は廓噺で、という三朝師匠の要望を受けての根多。師匠のなめらかな語り口は幇間持ちのような玄庵にはぴたりと合う。隠居と幸太郎とが陰気な性質なので玄庵の明るさがこの根多を照らしてくれている。

十　御落胤《ごらくいん》

初演・柳家小せん師匠

第二回落語作家井上のかたち　柳家小せんの新作江戸めぐり　二〇一八年六月二日　神保町・らくごカフェ

大家の持ち物から、将軍家の紋入りの短刀を見付けた八五郎は、つい「この短刀は我が家に伝わる物で、俺は将軍さまの御落胤」と嘘をついてしまう。

そのことを真に受けた隣の糊屋《のりや》の婆さんが、八五郎が実は将軍さまの御落胤だと方々で広めたために、八五郎に会いたいという人たちが長屋に押し掛け、ついには奉行所の筆頭与力が登場、八五郎が本当に御落胤なのかどうかを調べに来る。偽者であれば八五郎は打ち首に。

そこに大家が現れ、筆頭与力に頭を下げて八五郎は命拾いをする。みなを引き取らせた後、大家は自分が将軍さまの御落胤だという秘密を八五郎に打ち明け、短刀の真の持ち主が大家だということを最後まで隠し通した八五郎に礼を言う。

大家は二度とこんな騒ぎが起きないように、短刀の三つ葉葵をノミで削り取り「店子を守るのも大家の務め。大家といえば親も同然、店子といえば子も同様と言うだろ」すると八五郎が「大家さんが親も同然。それは勘弁して貰いてえな」「どうして」「だって大家さんが親なら今度は将軍の孫になっちまう」

注目して欲しいクスグリ・フレーズ

八五郎が将軍の御落胤と知った糊屋の婆さんは、こうしちゃいられないと八五郎のうちを飛び出してどこかに行ってしまう。

「大丈夫かねェ。あの婆さんおめえのことんなると目の色ォ変わるから」

「何だよその目の色変わるって」

「あれ。おめえ気付いてねえのか。あの婆さんおめえに惚れてるよ」

「そんなわけねえ。だってあの婆さん俺にカミさん世話しようって……何でも同い歳の八十過ぎで、俺のことはよォく知ってて、手に職があって、女としちゃちっとも枯れてねえのを世話しようってそう言ってる」

「それ当人のことなんじゃねえか」

将軍の子なのに武士の身分を捨て、長屋の家主になった大家の身の上話に驚いた八五郎。

「何も、こんな裏長屋の家主なんかになんてなるこたァない……あ。何ですか。徳川家主《いえぬし》かなんか洒落ようってんですか」

作者自らの感想
糊屋の婆さんを、台本以上に活躍させたのは小せん師匠の判断。大成功。

十一　玉姫さま

初演・立川談四楼師匠
第二百十九回下北沢立川談四楼独演会　二〇一八年八月十五日　下北沢・北澤八幡神社

往来で源ちゃんと偶然出会った半公は、儲け話があるからと誘われるままに目の前の一膳飯屋に入る。何でも、赤井御門守《ごもんのかみ》さま御寵愛《ごちょうあい》の玉姫さまが屋敷から姿を消したが、玉姫さまと思われる美人を見掛けたので後を付けてみると、ここの店に入ったので見張っていたとのこと。連れて帰れば褒美が出ると考え、源ちゃんは屋敷に人を呼びに向かい、半公は玉姫さまを逃がさないように話し掛けて足止めする。すると玉姫さまは、姫とは思えないほどの訛りの強い言葉で「自分の名前はお花。故郷では大勢の男たちを迷わせていたが、江戸で屋敷奉公をして殿さまに見初められ、側室になりたい」と言い出す。

そんな時、源ちゃんが赤井さまの家来の田中三太夫を連れて戻り「玉姫さまは人間ではない。お花の膝の上にいる猫が本当の玉姫さま」と言う。呆れた半公は「逃げないようによく見といて貰わねえとねェ。ひょいと出ていって旅に出るのが猫ですから」「これ以上逃げられてたまるか。何か根拠があって申すか」「ええ。やっぱり猫は『また旅(マタタビ)』が忘れられない」

注目して欲しいクスグリ・フレーズ

お花の「故郷では男を迷わせていた」自慢。

「オラんとこに、男たち大勢来てくれるからァ手ぐれえ握らせてやっかなって思うんだけども、タダでってのもねえ……オラがとこの大根、これェ相場より倍の値ェで買ってくれたら手ェ握らせてやるって言ったら、オラの手ェ握りてえ一心でみィんな銭持ってくるだよォ」

側室に成り上がりたいお花に三太夫が礼を言う。

「そのほうが玉姫さまを」

「何だか知らねえけどオラにえらくなついてさ。オラの膝の上の塩梅が良かったんかねェ」

「恩に着るぞ。かたじけない。助かった……そのほうも玉姫さまに同道して屋敷にまいれ。我が殿から直々に褒美が出るであろう」

「あの田中さま。この女ァ屋敷に入れるのはやめといたほうが」

作者自らの感想

お花をどう描くかに尽きる根多。手を握らせて銭を取るのはアイドルの握手会からの発想。

十二　正体見たり

初演・立川寸志さん
第十七回寸志ねたおろし！　二〇一八年九月八日　日本橋・お江戸日本橋亭

八五郎が同じ長屋の六兵衛を見舞う。そこで八五郎は「普段自分は博奕打ちだが、金に困ると針医者に因縁を付け、銭金をまき上げている」と、裏の稼業を打ち明ける。すると六兵衛も「自分は幽霊などいないと思いながらも幽霊のふりをして、強欲な商人から銭金をまき上げている」と、こちらも裏の稼業のことを告白する。

六兵衛のうちを出た途端、大家から店賃を催促された八五郎は、真夜中に大家のところに忍び込み、六兵衛のように幽霊の真似事をして、店賃を棒引きにさせようと企む。だが八五郎の雑なやり方のせいで大家は幽霊をまるで怖がらない。そこに幽霊の格好の六兵衛が現れる。

六兵衛いわく、自分も八五郎のように、針医から金を脅し取ろうとしたものの、自分の身体で針を試した際に悪いツボに入って命を落とし「それで、こんな格好してここにいるんですが、八五郎さんに知っといて貰いたいことがありましてね」「何だい……あ、もしかしておまえさんの貯め込んだ金のありかとか」「ここだけの話なんですけどね」「うんうん」「幽霊は……いますね」

注目して欲しいクスグリ・フレーズ

深夜に幽霊の真似をする八五郎。目の前にいる幽霊が八五郎だとは気付かない大家の口から、おのれの本当の評判を聞かされてしまう。

「何でおまえ、そんなに八五郎の肩ァ持つんだ」

「だって……あいつは良いヤツですよ」

「おまえ本気でそう思ってんのか。あんな馬鹿な野郎はいないよ。嫌われもんだよォあんなヤツは。店賃はまともに払わねえし、祝儀不祝儀の付き合いだって一文たりとも出したことがねえし。それだけじゃねえや。月番になっても働かねえし、掃除はしねえし、何にも手伝わねえしさ。周りの連中の鼻つまみもんだよ……みんなあいつのこと大嫌いだからね」

「それほんとですか」

「本当だよ。でもまァみんな大人だからね。挨拶だけはしてやろうってそう決めてるらしいよ」

「大家さんちょっとここで泣いて良いですか」

作者自らの感想

八五郎の裏の家業は、原作では「ふぐの毒に当たったふりをするもの」だったが、寸志さんの意向で針に変更した。シブラクで披露していただき、大画面に「井上新五郎正隆作」と映し出された時には感動で震えた。

十三　天晴《あっぱれ》かわら版

初演・立川こはるさん

第三回落語作家井上のかたち　立川こはるの新作まつり　二〇一八年九月十五日　神保町・らくごカフェ

女房子供に逃げられた瓦版売りが、突然侍たちに捕縛される。侍たちは父が藩の金を使い込んだという汚名を江戸家老に着せられ、殺されたために脱藩。兄弟で江戸に出て、父の仇を討とうと決意していたところ、つい瓦版売りを江戸家老の手の者だと勘違いしたのである。

侍たちは仇討ちの支度をしていると言うが、大好物の鰻を断つ・お百度を踏む・毎晩水垢離《みずごり》をするなど、見当違いな努力ばかり。呆れた瓦版売りは侍たちにあれこれ助言を行なう。江戸家老が風邪をこじらせて危篤状態に入れば、仇に死なれては仇討ちが出来ないからと、江戸一の名医を家老のもとに送り込むなどして、侍たちの仇討ちに協力。一年後には無事仇討ちを成功させる。

瓦版売りは侍たちの快挙を伝える瓦版を売り、この仇討ちは自分の書いた筋書きだと胸を張る。そこに女房が現れ「実はあたし、みんな知ってたの」と言い出す。侍たちから亭主よりも先に仇討ちの相談を受け「それならうちの人を使ってこうしたらどう」と、侍たちに助言し、身の安全をはかるために今まで隠れていたのである。女房いわく「あなたじゃないの。あたしが書いた筋書きよ」

注目して欲しいクスグリ・フレーズ

瓦版屋から秘密が漏れることを恐れる侍たち。

「(仇討ちの計画を)知っておったか」

「いま聞きました」

「しかしもう知っておるな。知ったからには仕方があるまい。そのほう瓦版屋ならばこのことわざを知っておるだろう……死人に口なし」

「知りません。誰が作ったんだろうなァ」

仇討ちに役立つ特技はと聞かれた侍。

「ここだけの話だが拙者は……泳ぎがうまい」

「泳ぎかァ……使えるかなそれ」


「歳幾つなんですかその江戸家老ってのは」

「八十二歳」

「早くしないとォ」

作者自らの感想

当初は、瓦版売りが赤穂浪士の討入りの指南役になるという根多にしようとしたが、忠臣蔵の安いパロディになりそうな気がしたので途中で方向転換した。原作のサゲが不出来なせいでこはるさんには迷惑を掛けた。ちなみにここに書いたサゲは初演後にこはるさんが直したものである。また「瓦版売り」は当時「読売《よみうり》」と呼ばれていたが、このはなしではあえてその呼び名を使用していない。リアルを追求するよりもお客さまを笑いに集中させたいと考えての判断である。

十四　粋逸天国《スイーツ》

初演・柳家小傳次師匠

スイーツ落語会　二〇一八年十月十日　神保町・らくごカフェ

ひとの集まらない商店街。インターネット上に写真を投稿している電気屋の娘が言うには、どこもかしこも地味で古臭い、スイーツの店がないから写真を撮る気になれない、とのこと。それならばたくさんの空き店舗を活用し、この商店街にあるいろんな店のノウハウを活かしたスイーツの店を作ろう、という話がまとまる。

そして開店したスイーツの店。ところが店の機材からメニューに至るまでどこまでもまぬけな仕上がり。回転寿司屋を改装したために店の真ん中に回転寿司のレーンがある・スイーツの店なのにおすすめがあら汁・あまりにレーンの流れが速すぎて食べ物が取れない・スイーツと言い張るもののどこをどう見ても海鮮丼、などなど。

呆れ果てた客が何も食べずに帰ろうとすると、店員は落胆し「あの、一体うちの店のどこがいけないんですかね。若い子たちに合わせて砂糖もたっぷりと入れて甘くしてあるのに」「それですよ」「え」「だから甘いのがいけないんですって」「どういうことですか」「商店街のみなさん。あなたたちの考えが甘すぎたんです」

注目して欲しいクスグリ・フレーズ

スイーツの店とは思えない内装に驚いた客に、事情をあれこれと説明する店員。

「元は回転寿司だったんです。それが潰れちゃってその店舗が空いてたもんですからスイーツの店にしちゃいまして。要するに居抜き物件ですね。レーンはそのままなんですけど、そこからスイーツ流れてきますから。だから回転寿司じゃないんです。回転寿司は閉店寿司になりました」

サバラン(フランスの菓子)を魚屋がプロデュース。

「魚屋のサバランてえのはね、お酒が染み込んでないんです。代わりにですね、サバのエキスがギューーッと染み込んでますから。これがねェなかなかの自信作なんですよねえ。何でも魚屋が言うにはね、このサバランで一発当てたいと」

「サバであたると大変ですよ」

作者自らの感想

小傳次師匠との雑談から生まれた、師匠の特技・スイーツ作りが題材の現代もの。柳家喬太郎師匠の、落語家生活三十周年記念の会「ザ・きょんスズ30」でも口演していただいた。

十五　長屋のお練《ね》り

初演・雷門音助さん

第二十三回シェアする落語　二〇一八年十二月二十三日　門前仲町・深川東京モダン館

崩れる寸前のぬかるみ長屋。そこに突如現れた浪人は本職のスリ・忠吉《ちゅうきち》以上のスリの腕前。忠吉は浪人の才能に惚れ「本職になって俺と組もう」と誘う。

この時、長屋には一つの騒動が持ち上がっていた。長屋の住人の藪医者が、呉服問屋・備前屋の一人娘のお松に、駆け落ちの手伝いを頼まれていたのだ。相手は売れっ子読本《よみほん》作家のオストアンデル先生。話を聞いた浪人は長屋の住人みんなで願人坊主のふりをし、町内中を練り歩いている騒ぎの隙に二人を逃がす策を授ける。

みなが出払い、長屋には浪人とアンデルの二人きりになると、浪人はアンデルに向かい「おまえは本物のアンデルではない。本物はこの私。おまえは偽者だ」と看破する。偽者は番所に突き出されて騒動は一件落着。

忠吉は本物のアンデルに改めてスリを勧めるが、アンデルは今日のことを本にしたいと言い「これは売れるぞ。版木が乾く暇もないくらい何べんも何べんも刷ることになる」「そいつは良いや。何べんも何べんもすれば腕が上がって……江戸一番のスリになれらァ」

注目して欲しいクスグリ・フレーズ

惚れた男に裏切られたお松を慰めようとする、本物のオストアンデル。

「こんなことは忘れて楽しく生きて行きなさい」

「あの、本物の先生……お優しいお言葉、まことにありがとうございます。女の口からこういうことを言うのははしたないとは重々承知しておりますが、わたくしあなたのような殿方に、魅かれるんでございます……よろしければわたくしをあなたの妻にして下さいませ」

「切り替えが早いねおまえさん」

作者自らの感想

二ツ目の落語家さんに、擬古典ものを井上さんがあてがきして、それを披露する落語会をやりましょうよ、と誘われて生まれた根多。それではどなたに出演して貰いましょうかねェという段になり、迷わず「音助さんにお願いしましょう」とすぐに決まった。会では、根多下ろしの後に音助さん・席亭さん・私とでお客さまの前に出て、鼎談することになり、自作が出来るまでの裏話を喋らせていただいた。落語についてあれこれ喋れと言われると困るが、自分のこしらえた根多の話であれば何とかなる。また、席亭さんが丁寧な方なので、私のような素人喋りでも鼎談が成立するように何かと助けていただいた。今でも感謝している。

十六　かけおちの湯

初演・柳家小せん師匠
『温泉浴衣をめぐる旅』出版記念！特別寄席　二〇一九年三月十七日　神保町・らくごカフェ

若旦那と幇間持ちが江戸を出て温泉宿に泊まる。隣からずっと男女の泣き声がするので、出向いてその理由を尋ねると、二人は恋仲だというのに親同士が商売敵で憎しみ合う間柄。駆け落ちをしたものの路銀がもう尽きたので後は心中しかないと泣いていたのだ。それを聞いた若旦那は二人に金を渡し、ほとぼりが冷めるまでこの辺りで商売でもやりなさいと諭す。

若旦那たちが部屋に戻ると、はす向かいの部屋の者が訪ねてくる。自分も同じ境遇の駆け落ち者なのでどうか金を貰えないかとのこと。渋々若旦那は金を出す。

次の日。若旦那が駆け落ち者に金を施したのが評判になり、宿の外は金をくれという駆け落ち者たちであふれ返っていた。若旦那は「金はやる」と駆け落ち者たちに待機の列を作らせるが隙をついて逃げようとする。

若旦那が、俺たちも二人で駆け落ちをするからと言い残して去ろうとすると、宿の若い衆が「どこに行こうってんですか」「俺たちもこうなったら二人ィ立派な駆け落ち者だから……列に並んでおあしを貰おう」

注目して欲しいクスグリ・フレーズ

うぐいすが入っていないのにうぐいすあん。この呼び名をどうする。そんなことで菓子屋同士が憎しみ合っていると聞いて呆れる幇間持ち。

「そんなことで家が揉めますか」

「かれこれもう五十年揉めておりまして」

「老舗の馬鹿だね」

大勢の駆け落ち者たちが金をねだりに来ていると聞かされた若旦那。

「この辺りにあるだろ。心中のしやすいようなところがさァ。そういうところォ教えてやんな。出来れば死骸の上がらねえような、そういうところが良いや。そういうところにみんなまとめて連れてきな」

「出来ませんよそんなの」

作者自らの感想

スタジオクゥ(ひよさ先生&うにさ先生)の二人による『温泉浴衣をめぐる旅』という、イースト・プレスさんから出版された読みごたえのあるコミックエッセイがある。その出版を記念した演芸会で披露する温泉に関する落語を、と依頼されてこしらえた根多。偶然の出会い・演芸会当日・再演などの経緯を後日エッセイ漫画にしていただいた。思い出深い一席。

十七　うぶだし屋

初演・柳家一琴師匠

第四回落語作家井上のかたち　柳家一琴特選の極《きわみ》　二〇一九年四月七日　神保町・らくごカフェ

田舎の蔵や、納戸などに死蔵されている掘り出し物を探す「うぶだし」に来た道具屋が、蔵のある家を目指すも追い返されてしまう。すると地元の子供が「死んだお祖父さんが古い物を集めていた」と自分の家に来るように誘う。

子供の父親である造り酒屋の主人は、道具屋を喜んで迎え「うちのじいさんのがらくた、全部引き取って貰いたい」と言うが、出てくる品物は本当にがらくたばかりで、小野妹子とローマ字で書かれた掛け軸・松尾芭蕉がインドネシアで詠んだ句の短冊・弘法大師に選ばれなかった筆・玉手箱の未開封新品、などなど。

そんな時に、道具屋は古道具の包み紙に古い浮世絵が使われていることに気付く。浮世絵は今では海外で評判だと狂喜するも時すでに遅し。その全てがサツマイモと共にたき火の中。落胆する道具屋に主人は「おまえさん、焼いてるのがサツマイモだとよくわかったね」「そんなの香りでわかりますよ」「さすがは道具屋だ……掘り出し物には鼻がきく」

注目して欲しいクスグリ・フレーズ

道具屋に泥棒を勧める地元の子供。

「でもさァ。自分のうちにあるかどうかもわからない物なんて、それがたとえ盗まれたって、そのうちの人は盗まれたのに気付かないよ。盗まれたのに気付かないってことは、ひどい目に遭わされた人がいないってことだよねェ……何が悪いの」

仏壇の前で死んだお祖父さんをあおる主人。

「ジイさん。あの離れのがらくた、あれみんなこの人に売っちゃうからね。良いねェ。嫌だって言ったって言えないでしょ。死んじゃってるから。えへへ……あ。ロウソクが消えた」

「怒ってらっしゃるんじゃないですか」

「良いんだよ……あのがらくた、みィんなこの人に売っちゃうからねェ。売れ残ってもみィんな捨てちまうから。構わないよねェ。ジイさん死んじまってるんだから。ざまあみろ……あ。仏壇が揺れてる」

「あおらないで下さいよォ」

作者自らの感想

クスグリがこの根多の生命線。骨董ものの名作「火焔太鼓」には及ばないが少しでもその域に近付こうと苦心したつもりである。

十八　御一新《ごいっしん》

初演・立川談四楼師匠

第二百二十三回下北沢立川談四楼独演会　二〇一九年四月十五日　下北沢・北澤八幡神社

明治初年。町内から引っ越したはずの太郎吉が若い衆で賑わう髪結床に現れた。また新しい商売を始めたという。新しい物に飛び付く太郎吉とは逆に、六さんはいまだにマゲのままでいる。二人はいつしか口論に。

そこに吉原好きの士族である遠藤が登場。巡査になるためにマゲを落としに来たのだ。ところが充分覚悟をして来たはずなのにどうしても踏ん切りがつかない。悩み抜いた末にマゲを落とすのを止めにする遠藤。自分は骨の髄まで侍であると言い残し、マゲのままで立ち去る。それを見た六さんは感動。あれが真の侍だと遠藤を褒める。

後日このことを話していると、往来に遠藤に良く似た巡査が。マゲを落とし、ヒゲを蓄えた洋装の男はやはり遠藤であった。吉原ではもはや侍は流行らない、巡査になったら大いにモテたとのこと。流行り物に乗るとそんなにモテますかと尋ねると、遠藤は「あまり流行り物に乗るというのもいかん」「そうですか」「そうだ。ワシは先日それで酷い目に遭った」「一体どうしました」「ここ数日、流行り病で寝込んでおった」

注目して欲しいクスグリ・フレーズ

店の中で騒ぐ若い衆に怒る髪結床の親方。

「おいおめえら喧嘩するんなら外でやってくれ。ここは髪結床だ。刃物使ってんだよ。おめえらにそんなふうにバタバタされると危なくてしょうがねえ」

「親方ァどうもすみません」

「すみませんはこちらのお客さまに言いな。おめえらが暴れるからこの人の眉毛がお亡くなりに」

「(片手で眉毛があったところを触って)ああッ」

「今さら毛ェ集めても遅えよ」

「だからおめえら喧嘩するんなら外でやれよ。こっちは刃物使ってんだよ……ほら。おめえらがやかましいから見ろ。この人ォ残りの眉毛までお亡くなりに」

「(両手で眉毛があったところを触って)ああッ」

作者自らの感想

明治初年の素描的落語。落語の舞台を江戸ではなしに明治にすると使える言葉が増え、外国語はそのままでも良くなる。談四楼師匠にお渡しをした明治ものの擬古典はこれで二席目。明治の風もオツである。

十九　紺碧の空の下

初演・桂夏丸師匠
第三回井上新作落語みつぼし　二〇一九年九月七日　神保町・らくごカフェ

吹奏楽部が弱小野球部の応援で野球場に来ている。演奏の合間に純一は真由美に、スクールカーストの「上」の野球部員を、カーストの「中」の自分がなぜ応援しなければならないのかと愚痴を言う。すると真由美は、カーストなんて気にするな、学校以外のところで勝負しろと助言する。真由美はインターネット上でいろんな動画を投稿。最近は自分のお祖母ちゃんをインディーズアイドルとして売り出していた。

それを聞いていた部長は、自分がカーストの「上」であれば、みんなの憧れであるちはるも自分に振り向いてくれるかもしれないと話す。だがちはるには彼氏がいることが判明。取り乱す部長に比べ、平気な純一。純一は真由美のことが好きだったのだ。ところが真由美にも彼氏がいて、それは今まさにマウンド上で苦しんでいる味方のピッチャー。純一が「あんなに打たれてるヤツのどこが良いんだよ」と言うと、真由美は「あたしも打たれてるから」「何それ」「彼は今日負けても明日は勝つぞと思える人。そういうところに心を打たれた」

注目して欲しいクスグリ・フレーズ

ちはるには既に彼氏がいると聞き、ちはるを探そうとする吹奏楽部の部長と、それを呼び止める真由美。


「部長ォ」

「何だ」

「どんまい」

「おまえなァ」


真由美に告白する純一。


「おまえが好きなんだ……言えた。幼稚園の頃から言えなかったこと十年かけてやっと言えた。僕が好きなのは真由美、おまえなんだ」

「ごめんそれ無理」

「即答だな」

作者自らの感想

夏丸師匠の「スクールカーストの『中』にいる男子高校生が『上』に行きたいと願うがなかなか行けない、というような根多で、楽器の演奏もしたい」という依頼を受けて書き上げたもの。根多の最中に四曲もの応援歌を演奏するのだが、使用する楽器がピアニカなのでこれが想像以上に息が切れるらしい。飛び道具過ぎる根多だが何と上野広小路亭で再演したとのこと。

二十　風邪小僧

初演・春風亭三朝師匠
第三回井上新作落語みつぼし　二〇一九年九月七日　神保町・らくごカフェ

如才ない小僧の松吉が風邪で寝込んでいたが、無事に病が癒えて仕事場に戻る。寝込んでいる間、離れで一人きりだった松吉のことを仲間は気の毒に思うが、松吉は旦那やおかみさん、番頭が自分のことを何かと心配してくれていたのがむしろ嬉しかったと話す。

それを聞いた小僧の定吉は、自分もみんなから優しくされたいと風邪を引いたふりをして、松吉と同じように離れで寝込んでみることにする。だが番頭には「本当に風邪なのか」と疑われ、おかみさんの連れてきた山伏には水で全身をずぶ濡れにされ、旦那には風邪の者には効くが、そうではない者が飲むと二度と目覚めない薬を飲まされそうになる。慌てた定吉は全てを告白する。

自己嫌悪に陥った定吉は「自分は松吉のようにうまく立ち振る舞えない。何をしてもうまくいかない」と落ち込むが、旦那は水でずぶ濡れのままでいる定吉を優しく諭し「あんまり難しく考えないようにな。どうにかなるもんだよ……昔から言うだろう。明日は明日の風が吹くって」「いいえ……あたしは明日風邪を引きます」

注目して欲しいクスグリ・フレーズ

定吉の話を信用しない番頭。

「風邪を引いた……頭が痛くて咳が出て、それから熱っぽくてめまいがする。身体がプルプル震えてる。それで身体の節々が痛い……よし。これはおまえだけに言うがね。頭が痛くて咳が出て熱っぽくてめまいがして身体がプルプル震えて節々が痛い……それは、気のせいだ」

恐ろしいほど良く効く薬を持ってきた旦那。

「これを口に入れるだろォ。そうすると口ん中がしびれ始める。飲み込もうとするとのどに詰まる。これを一所懸命ェ飲み込むとまず腹をくだす。腹痛《はらいた》の後は身体から熱がブワーッと上がってきて、それで身体じゅうが痛くなり七転八倒の苦しみだ」

「それ毒ですよ」

作者自らの感想

初演では権助の出る場面があったが、口演後に改めて三朝師匠と話し合い、そのくだりは全て削除することにした。何も無理に権助を出さずとも充分に笑いが取れる根多であり、権助を削ることで、この根多の後に上がる他の落語家さんが、権助の登場する根多を掛けることが出来るようになるという配慮からである。

二十一　赤猫

初演・林家たけ平師匠
第三回井上新作落語みつぼし　二〇一九年九月七日　神保町・らくごカフェ

江戸の大火の後、幼馴染で今は身重のチヨと再会した千吉は、かつて医者の修業中に師匠の金を盗んだと濡れ衣を着せられ、罪人の証である入れ墨を入れられていた。そんな話の最中にチヨが突然産気付く。産婆が不在のため、かつて覚えた医学知識を頼りに千吉が差配を振るうことでチヨはどうにか元気な赤ん坊を産む。

駕籠かきをしているチヨの亭主が戻り、千吉に礼を言うが、千吉は「俺は長年悪事を働き、遂に死罪を申し渡されたが、この大火で今だけは牢から出された身分である」と告白する。牢には戻らずに高飛びをするという千吉を、亭主は無理に駕籠に乗せ、牢に戻らせる。

牢に戻ったことで島流しに減刑された千吉は、十数年後、無事に江戸に戻るが、出迎えたチヨと亭主とその息子に、自分は島に戻ると告げる。島で医者をしていてそれをそのまま続けたいとのこと。千吉は「俺ェ八丈島行ってずいぶん出世したと思うね」「何で島に行ったのが出世なの」「考えてごらんよ。俺たちガキの時分はさ。汚ねえ長屋で三畳の貧乏暮らし……それが今じゃ八丈で島暮らし……三畳から八丈だ……五畳も増えたよ」

注目して欲しいクスグリ・フレーズ

千吉の死罪を減刑して貰うには、高飛びを止めさせ、刻限までに回向院、もしくは町奉行所に千吉を連れて行かなければならない。千吉を自分の駕籠に無理にでも乗せようとするチヨの亭主と、それに抵抗する千吉。

「馬鹿野郎ォ。てめえは何で俺のことォ縛り付けるんだよォ。おめえなァ俺はてめえの女房子《にょうぼこ》のことォ助けたんだぞ。その恩を忘れたか」

「忘れねえからこうするんだ」

作者自らの感想

人情噺の第二席目。赤猫というのは「火事・放火」の隠語である。たけ平師匠から「我々もそろそろ人情噺に取り組まないと」と言われてこしらえた根多。原作では、縛られた千吉が駕籠に乗せられ、回向院に連れていかれる道中でのやり取りを見せ場の一つとし、千吉と亭主の会話をくどめのやり取りにしたが、たけ平師匠は初演時にそのくだりを削除。結果「赤猫」はあっさりとした、ほどの良い人情噺になることが出来たが、私は大いに反省した。私のあてがきが甘いから場面を丸々削られてしまうのである。師匠は人情噺にあまりくどめのものを求めていないというのはわかっていたが、そこの加減を間違えたのである。あてがきは実に難しい。

二十二　あと一番

初演・立川談四楼師匠

第二百三十回下北沢立川談四楼独演会　二〇二〇年六月十五日　下北沢・北澤八幡神社

定吉はあまりにも将棋にのめり込んでいるために、始終番頭から小言を食らう。将棋の申し子を自負している定吉は、赤ん坊の頃に、母が定吉を連れたまま行き倒れで亡くなった際、なぜか将棋の歩の駒を一枚だけ握り締めていたほどに将棋とは縁が深い。

新しい得意先である伊勢屋の旦那は、定吉に負けないほどの将棋馬鹿で、使いを済ませて帰ろうとする定吉に何度もあと一番だけと勝負をせがむが、その日は「家宝の駒でやろう」と言う。その駒は歩の駒が一枚だけ欠けているらしい。定吉が思わず手に取るとそれは自分が赤ん坊の頃から大切にしていた歩の駒とまるで同じ物。それが決め手となり、定吉と旦那は実の親子だと判明。

あと一番と続けるうちに、店に戻るのが遅れた定吉は番頭にまた小言で「おまえも商人のはしくれならカネになることをやりな。将棋に熱を入れ過ぎて『歩がキンになった』なァんて喜んでちゃ駄目」「番頭さん。ときんになっただけじゃないんです」「おまえが一体何になったってんだ」「伊勢屋のせがれになりました」

注目して欲しいクスグリ・フレーズ

将棋馬鹿の定吉に番頭が小言。

「おまえ、旦那さまがお客さまと碁を打ってた時ィお茶持って行ったろ」

「あれは番頭さんに言われて」

「その後のことだよ。おまえ、旦那さまが碁を打ってるのに気付いて『将棋ではないんですか』って声掛けたろ。それェ聞いて旦那さまが『ここのところ将棋が続いてたからな。たまには碁も良いもんだ』って言った途端だ。おまえ『浮気者ォーッ』って、旦那さまに飛び掛かっただろ……普通ならこれでヒマが出ます」

番頭からの小言を伊勢屋の旦那に話す定吉。

「そんなわけであたし、旦那さまと今日将棋指しませんって話ィしてきたとこなんです」

「でもおまえもう指してるじゃないか」

作者自らの感想

談四楼師匠が得意としている人情噺の世界に「行きそうで行かない」というのが狙いの滑稽噺。定吉と伊勢屋の主人が愛すべき将棋馬鹿だと伝われば成功、と考えながらこしらえた。

二十三　千両泥

初演・入船亭小辰さん（二〇二二年九月に十代目入船亭扇橋を襲名予定）

第六回落語作家井上のかたち　コタツヌーボー　二〇二一年四月十七日　神保町・らくごカフェ

松兄ィと呼ばれる泥棒が、弟分から儲け話を持ち掛けられる。少なくとも千両はあるという埋蔵金のありかが書かれた絵図面を親分から譲り受けたとのこと。金を手にしたら吉原に行き、花魁の着物を着て、普段とは逆に、花魁に「一服つけなんし」と煙草を勧める、いま江戸で大流行中の遊びをしたいと弟分は興奮。ところが、お宝は暴れん坊の源兵衛の家の床下にあると判明。

松兄ィは埋蔵金のことを気付かれずに、源兵衛を連れ出そうとするが失敗。そこに仲間の泥棒たちがぞろぞろ登場し、みんなで穴を掘って吉原で「一服つけなんし」をやろうと団結するが、金は出ずになぜか床下からは恋文が出てくる。すると泥棒たちの親分がやってきてそれは自分が昔書いたものだと皆に告げる。全ては親分が恋文を掘り返させるための嘘であった。

うちを穴だらけにされた源兵衛は激怒し、親分に「どうしてくれる。銭を寄こせ」と迫るが、親分のほうでは「全部使い切った」と取り合わない。源兵衛が「何に使った」と問うと、親分は「吉原で一服つけなんし」

注目して欲しいクスグリ・フレーズ

「千両あったらやりたいことあるんですよ。吉原行くんですよ。それでもってねェ全盛の花魁買っちゃうんですよ。それでもってねェ差し向かいでただ相手して貰おうってんじゃねえんすよ。花魁の着物ォあっちが着るんすよ。花魁の着物ォあっちが着てェあっちの着物ォ花魁が着るんすよォ。それでもってねェあっちが花魁のとこ座ってねェ。こう横っ座りになるんですよォ花魁の前で。それでもってねェ花魁に向かってキセルをこう『一服つけなんし』ってやりたいんですゥ」

「おまえ馬鹿じゃないの……おまえ、そんなことォやるために千両欲しいのか」

「えェ。何言ってんすか松兄ィ。今ァこれ江戸じゅうで流行ってんですよ。この遊び知らなかったら江戸っ子の名折れですよ」

「だったら俺ェ江戸っ子やめるよ」

作者自らの感想

小辰さんにお渡しする前の段階では、もっと大人しい根多だったが、二人で末広亭の近くにあるカラオケ屋に籠もり、原稿の一行一行を吟味し、納得できるカタチになるまで徹底的に加筆・修正したために、笑いがより強いものに進化できた。難産だっただけに愛おしい一席。

二十四　百目の火

初演・柳家小せん師匠

第七回落語作家井上のかたち　柳家小せんの新作江戸めぐり二〇二一　二〇二一年七月三日　神保町・らくごカフェ

長屋の若い衆が集まり、怖い話で暑気払いをしようとするが、誰の、どんな話もまるで怖さが感じられないものばかり。

大家が店賃のことで激怒しているという求められていない怖さの話を始める・ひどい話し下手・おじさんが奇怪な最期を遂げたという話なのに笑いながら言うので台なし・女は怖いという話をすると言いながら手に入れた銭を女房に取り上げられた、でも愛しいというのろけ話をする・作り話をすると言うが「揉めた男を大川に沈めた」という到底作り話とは思えない真に迫った話をして周りが不安に、などなど。

そんな中、半公が「怖い話をしていると幽霊を呼び込んでしまうもの。その時にろうそくを消されると、その場にいる者はみんな助からねえ」と言い出し、ろうそくの火を消したせいで大騒ぎに。しかしそれも作り話だった。結局怖い話での暑気払いは失敗に終わってしまう。

騒ぎを聞き付けてやってきた大家に、若い衆は「どういうわけでこんなに暑いんですかね」「決まってんじゃねえか……みんなで集まるからだ」

注目して欲しいクスグリ・フレーズ

「聞いた話でねえ。俺の知り合いの話。あァ違う。知り合いの聞いた話なんだけどねえ。江戸のことじゃなくて川越の在の……あァ川越は別の話かあ。甲府だよ。いや高崎……前橋だったか。前橋か高崎……まァあの辺りの話。あれェ小田原の話だったかな」

「どこでも良いよ場所は」

「そこに川があってねえ……あ、谷か。谷の、そこに川が流れてるんだ。そのそばに大きな池が……沼か……あれ湖かな……とにかくなんか水のところがあって。ここに入っちゃいけないんだけど、そこに入った男が……いや入ってないのか。入らない……入ろうとしたんだ。入ろうとしたんだけどォやめた、っていう男がね……そこんところで……見たものが凄いんだ。えらいことになってね。バーンって恐ろしいことになってね。聞こえてきた声がおじいさん、いや、おば、いやおじいさん……あァこれねェ、藤沢の話だった」

「へたくそ」

作者自らの感想

怪談になりそうでならない、という構造で、人情噺になりそうでならない、という立川談四楼師匠宛の「あと一番」と同じ方向性の根多である。

二十五　おかしら付き

初演・立川だん子さん

第七十一回あけぼの会　二〇二一年十一月五日　朝霞市中央公民館

魚を焼いている女に向かって、何者なのかはわからないが話し掛けてくる声がする。それは猫だった。猫は「そのお魚ください」と懇願するが、食べるものは別にあるという猫に女は魚を渡すのをしぶる。猫は「これからあたしが芸を見せますので」と諦める様子はない。

猫が披露する芸は早口言葉だったが、あまりにも簡単過ぎるもので、女は魚をあげようとはしない。女の提案によって早口言葉の次はなぞなぞ勝負、その次はしりとり勝負となるが、猫は女を納得させることがどうしても出来ない。食べる物が他にあるのにどうして魚が欲しいのかと女が尋ねると、猫は「子供が産まれたので祝いの、勝手に持っていったものではなしに、ちゃんとしたおかしら付きのお魚が欲しいんです」と言う。それを聞いた女は猫に喜んで魚を渡す。何べんも頭を下げて帰る猫。

翌日、また猫がやってきて「今日もまたお願いがありまして……いや、おかしら付きじゃないんです。今日は別のものを付けていただきたくて」「別のもの……一体何を付けて欲しいの」「赤ん坊に名前を付けて下さい」

注目して欲しいクスグリ・フレーズ

猫は、昔からの定番なぞなぞ「上は大水、下は大火事なァーんだ」を、これまた普通に「お風呂」と答えるが不正解。それではこのなぞなぞの答えは。

「答えはねえ……竜宮城の焼き討ち」

「え……何ですかそれ。竜宮城の焼き討ちってどういうことなんです」

「浦島太郎が、竜宮城で乙姫さまから頂戴した玉手箱を浜に戻って開けてみたら、おじいさんになっちゃったでしょ。それで浦島太郎『これはどういうことだ』って怒っちゃって竜宮城に引き返したの。初めのうちは乙姫さまと浦島太郎も穏やかに話してたんだけどねえ。そのうちに言い争いになっちゃってね。思わずカッとなった浦島太郎が」

「やっちゃったんですね」

「そう……竜宮城は海の底でしょう。上は大水、下は大火事。それで答えは竜宮城の焼き討ち」

作者自らの感想

大爆笑を狙うのではなしに、クスクス・ウフフという微笑を誘うような根多を目指した。牧歌的でほのぼのとした雰囲気のだん子さんだからこそ活きる根多。あてがきの最たるものと言える。

二十六　おのぼりの母

初演・立川談慶師匠

『天才論 立川談志の凄み』出版記念落語会　二〇二一年十一月二十六日　上野御徒町・お江戸上野広小路亭

絵師になろうと江戸に出てきた新吉は、師匠から「春泉《しゅんせん》」の名を貰うが、五年が過ぎても芽が出ない。ある日、母が田舎から春泉に会いに来たので浅草見物に出掛けるが、その途中で嫌味な兄弟子に母と田舎育ちを笑われる。春泉は思わず母を怒鳴り、浅草見物を取りやめて、そのまま母を田舎に追い返してしまう。そのことを聞いた師匠は激怒。絵師は腕一本の世界だということと、子を思う親のありがたさを春泉に説き、ひと月帰郷して母に親孝行してこいと命じる。春泉は田舎でも描きたい物が見付からないまま悶々としていたが、母が自分のためにお百度を踏んでいた石段から転落し、足を痛めた時、歩けない母に自分の絵で浅草見物をさせたいとひらめいて、江戸に戻る。

母の足は回復が早く、一人でも立てるようになったという知らせが江戸に届き、春泉も浅草の絵が版元と師匠に認められ、内弟子修業が終了する。師匠は「おっかさんに手紙で知らせてやれ。今日から俺もおっかさんと同じです、って」「あっしがおふくろと同じ……それは師匠一体どういうことで」「おめえも今日から一人立ちだ」

注目して欲しいクスグリ・フレーズ

世話になっている師匠のために母が持参したもの。

「ひでえにおいするなァ……何だそれェ」

「そんだらことォ言うもんじゃねえ。これァ貴重なもんだあ。覚えとけェ。あっはっは。これァなァおめえ熊《くま》の胆《い》みてえなもんだァよ」

「ああ……これが熊の胆か」

「そうでねえ。熊の胆、みてえなもんだ」

「だから熊の胆だろ」

「熊の胆、みてえなもんだって」

「じゃあ一体何なんだよ」

「そりゃあ言えねえよ。こいつが何だか言っちまったらおらァ捕まっちまう」

作者自らの感想

談慶師匠からの「擬古典もので人情噺を」という依頼に、はたしてどのような根多が良いだろうかと悩み続けた結果、主人公を談慶師匠に近付けることにした。主人公のモデルが師匠というわけである。このやりかたでは「ひとのこと根多にしやがって」と怒られる可能性もあるので不安だったが、師匠はとても寛大で「俺にしか出来ない根多だね」との嬉しい言葉を頂戴した。

第三章　おしゃべり四席

一　「正体見たり」立川寸志さん

「六さん。六さんよォ。起きてるかい。大丈夫かい」

「その声ェ八五郎さんですね。大丈夫ですよ。起きてます。開いてますんでどうぞ」

「そう。じゃあ寄るよ。よっこいしょのしょと……おうおうおう。何だよ六さん。起き上がってんじゃねえかよ……おォーい。みんなみんなァ。こっち来いこっち来いこっち来い……いや、おめえさんの見舞いに来たんだよ。長屋の連中でもってみんなで見舞い……ほらほらほらほら集まれ集まれ集まれ集まれってんだよ。ほらァ六さん起きた……どうだい。具合のほうは」

「おかげさまで良くなりましてね。みなさんあたくしのためにこうして集まって下さいましたけど、もうお見舞い大丈夫なんでございます。昨日のうちに熱も下がりましたし、痛みも減りましたんで、今朝から起き出しまして片付けなんぞをやってたところです」

「じゃあ六さん病は治った。長いこと患ってたけど病は治ったんだねェ」

「えェ。もう治りました」

「治った……よしッ。やった。よしよしよしよし。どうだい六さん治った……俺の勝ちだ俺の勝ち。さァ五十文出せ五十文。五十文だよ出せ出せ出せ出せェ……出したヤツから帰れェ。あっはっはっは。あばよォ。うひひひひ……六さんありがとう」

「あのォ八五郎さん一体どういう事なんです」

「どうもこうもねえんだけどな。いや実はねェ。おめえさんがどうなるかで賭けェしてたんだ。長屋の連中とよォ……今日、正《しょう》の午《うま》の刻《こく》だよ。おめえさんが病ィ治ってるか治ってねえか。それでもってみんなで賭けェしてたんだ。いやァみんな失礼なこと言うねェ。六さんは歳も歳だから治らねえどころか死んじゃうんじゃねえか、なんつってねェ。治る・治らない・死ぬ。この三つで賭けェしたんだけどよ。治るに賭けたヤツ俺ェ一人だよォ。全く……みんなァどういうつもりなんだろうなァ一体」

「それは八五郎さんもおんなじだと思います」

「俺一人だけ、一点ぽーんって治るほうに賭けて総取りだよ。裏目に賭けて総取りたァ結構なもんだ。万が一でもって大儲け。あっはっはーッ」

「八五郎さんが一番やな人だと思います」

「そういうこと言うな。わかってるよォ……これェ二百文ある。取っときな」

「えへへ……じゃあ頂戴しますね」

「でも元気になって良かったじゃねえか。なァ。長屋の連中とも話してたんだけどさァ。おめえさんてのは一体どんなことしてる人かって。みんなわかってねえんだよォ。ぶらぶらぶらぶらしてるけどもさァ。それでもこの長屋じゃ良いほうの暮らしィしてる。どんなことやってんのかなァと思ってねェ。おめえさん何やって稼えでるんだい」

「あっはっは。あたくしでございますか。いやいやいやあたくしは季節ゥ季節でもってちょいちょいと」

「あ、そう。まァあんまりねェ人によっちゃあ言いたくねえこともあるだろうから、そらァもうしょうがねえと思うんだけどもさァ……いやいやいや。そういうのあるんだ。わかるんだよ。俺もさァ博打うちだろォ。がらっぽんでもって食ってんだけど、こういうのは運のもんでなァしょうががねえんだよ。こっちから運が巡ってこねえ時ってのはどう頑張ったってしょうがねえんだァ。そういう時はァ諦める。腹が減って首が回らねえ。そういうことになっちまったらさ。裏の仕事をするんだ……まァ博打うちだって裏の仕事だからさァ、裏の裏ってえのがあるんだけどもねェ」

「そうですか……どんなお仕事されてんです」

「当たり屋」

「はいはいはい。当たり屋……となると馬ですとか荷車なんぞにぼォーんと身体を」

「いやいやいや。そういうことはしねえんだ。そんな大げさなことはしねえんだけどもねェ。俺は針医に行って当たり屋ァやるんだよ」

「針医……あァ針のお医者さんですか。打つ針」

「そうそうそう。肩が凝ったなァかなんか言ってねェ。ちょいと一本やっつくんねえな、なんてこと言って行くんだよ。針医にこうやってさァぽーんと打って貰うだろ。そん時だよ。びくびくびくって。身体をねェびくびくびくってやるんだ。これがなかなか難しい。つまりは。悪いツボに入れちゃった、打っちゃったってことにすんだよ。あ、痛てて、なんてこと言ってね。初めのうちはいきなりガーってなっちゃいけない。これェちょっと待って待って待って待って、みたいな感じだよ。待って待って待って待って待って……そのうちに右目と左目をこう互い違いにしたりね。自在に泡が吹けるようになったりするんだけども、ガーってなんてふうにやるんだよ。からだァうごかねえうごかねえ。ろれつも回らなくしてくんだ」

「ずいぶんと芸が細かいんですな」

「そこんところはまァ、慣れたらそういうふうになるんだけどもよォ。ろれつの回らねえ口で『おい、どうしてくれる。俺ァこのまま死んじまう。俺の掛かり付けってえのがいるから、どこそこにいるから。そいつを連れてきてくれェーッ』て言うんだよ。そう言われりゃ迎えに行くよな。その行き先は前もって話のしてある俺の仲間なんだけどォもちろん偽医者ってヤツだ。持ってきた薬箱から出した薬ィうどん粉だよ。それをぺろぺろってえ舐めるとぴたっと治るようにするんだ。

さあ、そっから脅してやるんだよォその針医を。一体どうしてくれるんだ。間違ったところに打ちやがって。俺さまの命が危なかったじゃねえか。おめえこれェ世間に知れたら大変なことんなるぞ。商売ェ出来なくなるぞ。おめえそれでも良いのかァなんてこと言ってね。膏薬代と称して幾らか貰ってそれからずうっと脅しをかけてね。口止め料ってやつだな。そういうのをいただいてしばらくはしのごうってそういうことォやったりして」

「ああァ……そうですか。なるほどなるほど。そいつはずいぶんといけそうですねェ……うん。そうですねェ。八五郎さんには知っといて貰いましょうか」

「何だい何だい。知っといて貰いましょうかって」

「いやあ……あたくしの稼ぎなんですがね。実はこれで儲けてるんですよ」

「何。これでって……幽霊ェ」

「ええ……八五郎さん伊勢勘って御存知ですか。あの質屋の伊勢勘」

「知ってるよォ……とんでもねえ野郎だよ。俺みてえな悪人がこういうこと言うのもおかしいけどねェ。あいつだけは許せねえねェ。いや本当だよ。借金で困り切ってねェ。しばらく待って下さいって泣いてる人をだよ。泣いてすがってる人をだ。ふざけんなァなんてこと言ってね。着物剥いで持ってっちゃうんだからひどい野郎だよあいつはねェ……言ってやったそうだよ。血も涙もねえのかって。そしたらさ『あたくしはあいにくそう言ったものを持ち合わせておりませんが、借金の証文ならこれこの通りちゃんとございますんで』なァんてよ。あんなヤツはすぐ死んじゃえば良いね」

「そうなんですよねえ。悪い人でございますよォ。あたくしも五年ほど前になりますかね。言ってやったことがあるんです……伊勢勘さん。あなたそうやって死人《しびと》のヒツギん中ァ入れる六文銭奪うような、そんなあくどいことばかりしてますとねェ。死んだ人に恨まれますよ。幽霊んなって化けて出られますよ。取り殺されちまいますよ……って、そう言ってやったんです。伊勢勘さんは平気な顔してましたけど、あァこれは効いてるなァと……じわじわ効くんだこういうのは」

「じわじわ効く……それェ一体どういうことだよ」

「八五郎さん。幽霊っていると思います……いやァ幽霊なんてのはいやしませんよ。幽霊はいません。そういうもんなんです。幽霊てえのはねェ、なんてんでしょうかねェ。そう『おのれの心のおびえが見せるまやかしみたいなもの』ですよ。昔から良く言うでしょ『幽霊の正体見たり枯れ尾花』って。心のおびえがあると、物干しに干してあるものが幽霊に見える。障子に映る影が幽霊に見えると、そういうものでございますよ。あたしはそのまやかしを伊勢勘に仕掛けたってことなんです」

「伊勢勘にまやかしを」

「そういうこと……どんなに強情な伊勢勘でも、もしかしたらいるかもしれない。そう思ったところが心のおびえの始まり。それがまやかしのきっかけってやつになります……その晩ですよ。伊勢勘のうちに忍び込みましてね。あたくしは枕もとに立ちましてこう構える。幽霊のなりィして……髪はさんばらに、ひたいに三角のォあてがい、着てるのは白無垢の長いやつ、香を焚きしめ、仏壇の鈴《りん》を持ち、チーンと鳴らして」

「そいつはまた手の込んだことを」

「いないものをいるように思わせる。それだけ念を入れないといけないてえことです……で、寝ている伊勢勘に向かって『うゥらめしやァ、伊勢勘めェ……この恨みィはァらさで置くべきかァ』なんて、やってやりましたらね。伊勢勘『うわーッ』なァんて飛び上がりまして『御勘弁下さい。御勘弁下さい』って、ペコペコペコペコしやがりましてね。枕もとに置いてありました手文庫開けましてその中に入ってた小判、これェ『お金はこの通りお返しします。お返しします』って、どんどんどんどんこっちに放ってくるんです。あたくしはそれをふところに入れましてェ随徳寺……ずいぶんと儲かります」

「あァ……ずいぶんと儲かるけどずいぶんと悪党だね。大変なことしてるけど、でも、それだけ忍び込めるんだったら泥棒しちまえば良いだけの話じゃねえか。その伊勢勘の手文庫持ってきちまえば」

「いやいや。手文庫なんて盗ったりしたらおかみに届けが出る。伊勢勘のほうでもそれから締まりをきちんとするようになるから一回こっきりの話でしょ。でも、幽霊がいると伊勢勘のヤツに信じ込ませてしまえばこの手がずうっと使えるんですよ。春と秋のお彼岸。たまに夏。ちょいと困ったなあと思ったら大晦日にも出る」

「なるほどねェ。そりゃ儲かるかもしんねえな。幽霊でもってね……大丈夫だ大丈夫だ。こう見えても俺は口が堅えんだ。大丈夫だよ。おめえさんがそれェしてるってことは誰にも言いやしねえ……でも、その代わりといっちゃあ何だが、二人でもって良い話があったらお互いに教え合おうじゃあな。無理しちゃいけねえよ。まだ病み上がりなんだ。またな。またァ色々話ィしようじゃねえか。ごめんよ……なるほど。すげえこと考えてんだねェ……あの人ってえのは不思議な人なんだ。虫も殺さねえような顔してるけどもねェ。あんな悪いことしてるとはなァ。そもそもあの人この長屋にいつから住んでるのかわかんねえんだよ。俺より後には違えねえんだけどいつのまにかふーっと住んでんだよ。不思議なことしてんだねェ……そうだよ。川開きの時ィ両国橋のところでなァ。バーンって花火ィ打ち上がる前だよ。その日の朝一番で出掛けてってねェ。一番見やすい橋の上ェそこんところに桟敷引いちゃってさァ取っちゃうんだよ。入っちゃいけません入っちゃいけませんって。てめえで見るかと思ったら良くわかんねえんだよ。おじいさんおばあさん連れてきてそこ座らせて『さようなら』って、親切だか何だかわかんねえ……長屋の猫だよ。長屋じゅうの猫がネズミ捕ってきて食べちゃう。その余った尻尾ってのを必ず六さんとこォ持っていくんだよな。それくらい不思議な人なんだよなァ。ああいう人が何するかわかんねえって言うけど……何だよォ。ぼやぼやしてたら悪いのと出くわしちゃったよ。大家じゃねえか。機嫌悪そうだな。またなんだかんだ言われるんじゃねえか」

「おォい。そこにいるのハチだろ。ハチハチ。ちょっとこっち来い」

「あ。大家さん。どうも。さよなら」

「何だよ。どうもさよならって言い方があるか。いいからこっち来い」

「いいからあっち行け」

「ふざけんじゃねえ。おまえに話があるんだ。わかってんだろおまえ。いつんなったらきちんと店賃入れるんだよ。二年ぶんくらいんなるぞ。ちゃんとやんないといけねえだろ。ぼやぼやしてると店立てくらわすぞ」

「勘弁して下さいよォ大家さァん。言ったじゃないですかァ。こっちだって色々回ってくるもんが回ってこねえんですからしょうがねえんですよォ。それでもってこないだほら銭金ねえからしょうがねえから物で入れますよって持ってったじゃないですか。大家さんの好きな庭石を」

「おまえが大八車引っ張ってきてさァ。これじゃ如何でございましょうってこと言ったろ。見たら立派な御影石だよ。これだったら良いかなって庭に置いた。その日の晩のことだよ。知らねえ人が訪ねてきて、申し訳ございませんがうちの墓石《はかいし》を持っていかないで下さい。どうも申し訳ございません。てまえどもの長屋のものが馬鹿を致しまして、すぐにお返しを致しますんで今そのものを呼んでまいります。いやいや結構でございます。ことを荒立てたくありません。返してさえ頂ければそれでって優しい人だよ。大八車てめえで持ってきてそれで持って帰ろうってんだよ。申し訳ございません。お詫びに伺いますのでおところお名前を。いえいえ結構でございますよ。名乗るほどのものではございません。西のほうから来ましたんで西のほうに帰ります。がらがら、って大八車引っ張ってって。三軒も行かねえうちにすーって消えちゃった。あれェ幽霊に違いないよ。おまえ、ひとんちの墓石持ってくるような、ふざけた真似ェしてると幽霊に取り殺されるぞ」

「へっへっへ……大家さん。幽霊信じてんですか。全くねえ。幽霊なんてのはいませんよ。ああいうものはねェいるわけがねえ。あたしが思うにねェ。幽霊ってのはァひとのおびえが見せるまやかしなんですよォ」

「なに気取ってんだよ。ほんとにそう思ってんのか」

「思ってますよ。昔から良く言うでしょ。ほらほら幽霊のォ、幽霊のォ正体見たり貴乃花」

「違うよ」

「だからほらァ幽霊のォ正体見たりダレノガレ」

「なんの話だ……それはな。幽霊の正体見たり枯れ尾花ってんだ」

「そうそう。その尾花ァ……わかるでしょ」

「まァとにかく。二年ぶん何でも良いから銭金でもって払ってくれよ……今月の末には、一つでも二つでも良いからちゃんと入れるんだぞわかったな」

「わかりましたよ。へェ……けッ。珍しく本式でもって怒ってたね。しょうがねえな。何とかしねえといけねえけどこっちも銭がねえ……そうだ。良いこと思い付いたよ。六さんだ。六さんの真似ェこれでもって脅かしてやろ。小判放ってくることはねえだろうけど店賃の棒引きくれえしてくれるんじゃねえか。よしよし。そうしよう」

ってんで、やっこさんうちに帰りましてね。髪ィさんばらにしまして、白無垢なんかございませんからボロをまといますというと、三角のこういうのないから、紙をちぎりましてね。米粒でもってェここにぺたっと貼っちまう。香なんぞ焚きしめるわけにもいきませんから、蚊取り線香ォこういうところにまき散らしまして、仏壇の鈴の代わりに茶碗と箸を一つ持ちまして。

「これで行っちゃおう……俺ェ知ってんだ。大家んとこ飼ってる猫のためにねェ、裏の戸口んところすこォしだけ開けてあるんだ。そこから忍び込めば大丈夫……ええとここだここ。ここんところから……よしよしよし。さて大家は……いた。寝てやんの。ふふん。ざまあみろってんだ。今から起こしてやるよって。チンチン、って良い音しねえな。チンチン……えへんえへん……うらめしやァ。ケチ大家ァ。このうらみィはらさで置くべきかァ……置くべきかァ……えェ。こんな大きな声ェ出してんのに。おォい……このうらみィはらさでェ置くゥ、置くゥ、置くべきィ」

「まだ暗いのに誰だよ……何だおまえ」

「あ、起きた起きた」

「おまえ誰だ」

「幽霊ですよ幽霊。あァそうだ……うらめしい」

「付け足すヤツがあるか……どこの誰の幽霊なんだ」

「誰ェ……誰って言われてもねェ。あのォちょいと通りすがりの幽霊なんですけどねェ」

「なんですけどねェって何だ……幽霊が何の用だ」

「だからうらめしいの……ほら。おめえの長屋に八五郎てえのがいるだろ。その八五郎の店賃がずいぶん溜まってるけどそれェ棒引きにしてやれェ……うらめしい」

「それのどこがうらめしいんだ」

「だから頼みますよ。店賃を棒引きに」

「何言ってんだ冗談じゃないよ。何だっておまえそんな八五郎の肩ァ持つんだ」

「いやそれは……あいつなかなか良いヤツですよ」

「おまえ本気でそう思ってんのか。あんな馬鹿な野郎はいないよ。嫌われもんだよォあんなヤツは。店賃はまともに払わねえしなァ。祝儀不祝儀の付き合いだって一文たりとも出したことがねえ。それだけじゃねえ。月番になっても働かねえし掃除もしねえ。何も手伝いやしねえんだ。周りの連中の鼻つまみもんだよ。みんなあいつのこと大嫌いだけどもなァ」

「ほんとですか」

「あァ本当だよォ。まァまァみんな大人だからねェ挨拶だけはしてやろうって決めてるけど」

「大家さんちょっとここで泣いて良いですか」

「あ。おまえ八五郎じゃねえか」

「いやいやいや。八五郎じゃねえです……八五郎を応援している、いち幽霊です」

「応援してるんだったら幽霊でも店賃払え」

「だから店賃は棒引きにって」

「うるせえこの八五郎ォ。わかってんだよォ。おまえはしょうがねえなァ。そんな恰好であたしを脅して、店賃棒引きにさせようって算段だろ。くだらねえこと考えてんじゃねえ……そもそもだ。おまえ昼間会った時なんてってた。幽霊の正体見たり枯れ尾花。幽霊はいないんですってそう言ってたじゃねえか。それ言っといて何でその恰好して今晩出てくるんだァ馬鹿」

「ですよね……そうかァその通りだ。六さんが言ってたのは『幽霊が出ますよ。幽霊に取り殺されますよ』って言った上で出るから『あァ怖い』ってなるんだ。そうかそうか。幽霊いませんよって言って、うらめしやーって言って出ても『いや、いないんですよねェ』って言われちまうんだ。そうかァそうだったな」

「そうだよ全く。そんな間抜けな恰好して出てくるのがそもそも馬鹿なんだ。幽霊はいないんだろ。いないもんだったらいるように念入りにやらないといけねえ」

「その通りです……六さんそう言ってました。そうかァ六さんの言う通りだなァ。いねえもんだからなァ。いるようにやらねえといけねえんだよなァ」

「八五郎さん……八五郎さァん」

「大家さん。あたしになんか言いましたか」

「何も言っちゃいないよ」

「いやだって八五郎さんって……えッ。六さん。六さんじゃないの」

「八五郎さん……こんばんは」

「こんばんは、じゃないよ……いやァ。幽霊のカタチが似合うねェおめえさんは。髪もこうなって三角のやつも付けて、白無垢も。本式だねェ……でも駄目。駄目なんだからねェ。大家んところ忍び込んでそういうことやろうとしたんだろうけど駄目ェ。ここは俺が先に来たんだから俺のシマだ。今日んところは引き取ってくれ」

「いや、そうじゃないんですよ……ちょいとお話があるんですけどねェ」

「どしたの」

「実は……あたくしあの。八五郎さんから聞いた針医の当たり屋。あれをちょっとやらせて貰おうと思いましてね。それで物は試しと針買ってきましてね。色々やってみたんです。こういうとこどうかな、こういうとこどうかな、こういうとこどうかな、なァんて三つ目で当たりだったんですよ。悪いツボ入っちゃいましてね。あっというまに『コテン』ってあたし逝っちゃったんです」

「てことはおめえさん死んじゃったの」

「ええ……そういうわけでこんなカタチで、ここにいるんですけど」

「死んじゃったの……駄目だよォ六さァん。駄目だよォ死んじゃ。六さん死んじゃ駄目だァ」

「八五郎さん……そこまであたしのことを」

「あの、あの賭けが終わった後ォ三日のうちに六さんが死んじまったら金半分返す決まりになってるんだァ」

「細かい賭けしてたんですね」

「誰だいそこでゴチャゴチャ言ってんのは。ん。おまえ六兵衛じゃないか。またそんな恰好して八五郎みたいなのが増えたよ。間抜けだねェ二人揃ってこの馬鹿」

「大家さんあのちょっと、八五郎さんお借りしても良いですか。八五郎さんこっち来てこっち」

「何だい一体」

「八五郎さん。あのォ八五郎さんに知っといて貰いたいことがありまして」

「何ィ……もしかして貯め込んだ金のありかとか」

「ここだけの話なんですけど」

「うんうんうん」

「幽霊は、いますねェ」

二　「赤猫」　林家たけ平師匠

白猫は白い猫のこと。黒猫は宅急便だねェ。タンゴってのもあるけど。それじゃ赤猫はってえとこれェ符牒なんです。赤猫ってのは火事だとか付け火・放火のことォ言うんですよ。ヤクザなんかが「てめえこの野郎ォ赤猫ォ這わすぞ」なァんて言うと、これ「火ィ付けるぞ・放火するぞ」って意味になるわけだ。おっかない言葉だねェ。

火事ってえと、昔から「火事と喧嘩は江戸の華」って言うけどね。火事ってえのは実際大変だよ。江戸の町は火事で何べんもやられてる。江戸城の天守閣だってそうだよォ。あれは火事にやられて焼け落ちたせいで今もないんだから。江戸の、明暦の大火の時だよ。炎が風にびゅーんってこう煽られて、ぶわーって江戸の町の六割焼いちゃったの。大変だったんだから。

この時の話なんだけど、小伝馬町の牢獄にもこの火が迫ってきた。さァどうしようって牢獄の役人たちは良いのよ。火が来たら逃げりゃ良いんだから。でもねェ問題なのは牢獄の中にいる罪人たち。この連中どうしようってことになった。

罪人たちはこのままじゃ焼け死んじゃうからね。ここから出せーッ。死んじまうよーッ。なァんて役人たちに訴える。当たり前だよ。命かかってるんだから。でも命かかってるけど鍵もかかってんのよ。

役人たちにしてみりゃ、罪人たちを牢獄から出したらみィんなそのまま散り散りに逃げちゃう、どっか行っちまうかもしれないからねェ。かと言ってそのまま牢獄に入れとけば罪人たちはみィんな死んじまう。

牢屋奉行が悩んだ末に出した答えは、罪人たち全員の切り放ち。罪人たちを牢獄から出して自由の身にさせて火事から逃げろってね。奉行は「この火事から無事逃げおおせたらまた戻ってこい。もしも正直に戻ってきたら私の命にかえてもおまえたちのその義理に報いてやるから」って言ったわけ。つまり、ちゃんと戻ってきたら罪を軽くしてやるぞって約束したのよ。おかげで火事が収まった後、罪人たちはほとんど帰ってきた。

それからはもう、火事で小伝馬町の牢獄が焼けそうになるたびに、牢屋奉行は罪人たちを逃がしてやるようになったんだって。火事が収まったら、牢を出て三日後の暮六つ、まァ夕方だね、それまでに南と北の奉行所もしくは本所の回向院のどれかに戻ってこい、って。

火事ってのは大変ですよ。罪人だって大変だしそうでない人たちだって大変。火事から逃げられたって、元の住んでたところが焼けちまえば、その日から夜露をしのげる場所がないんだから。そんな焼け出された人たちのためにあちこちで炊き出しがあって、お寺の境内か何かでみィんな腹を満たしたわけだ。


「ちょいと御新造さん」

「はい……何です」

「この寺ァ炊き出しやってるかい。やってる。そいつァありがてえ……俺ェこの辺のもんじゃねえんだが、ちょいとわけェあってここまで来たんだ。すまねえんだけど腹ァ減ってるんでねェ。炊き出し食わして貰いてえんだが、よそもんでも大丈夫かい」

「火事の時にはよそもうちもございません。さァどうぞ召し上がって」

「すまねえ……ふう。うめえなァ……うめえ……何だよ御新造さん。え。美味そうに食うって。そりゃねェ食いたくもなるよ……いや、あんたに言ったってわからねえかもしれねえが火事っててのはねェ……いや、怒らねえでくれよ……火事になって物がうめえなって思うよ。火事んなる前は大変だったんだよ。腹ァ減ったなァと思ったって、わけェあって、好きなもん食えねえんだ。それが火事のおかげで、こうやってあたたけえもんが腹ん中ァ入ってくる。こんな結構なもんはねえってな。俺ェ今ァしみじみしちまったよォ」

「まあ……何があったかわかりませんが、色々と御苦労さまでございます」

「いやァうめえ……まだァ暮六つんなってねえか。あァそう……いや、ちょいとこの辺で待たせて貰おうかなと思って。仲間が迎えに来るもんでねェ……向こうに座るところか何かあるのかい。それじゃ、あっちにちょっと行くんで。どうも。ごちそうさんで」

「あの……ちょいとあなた」

「何です」

「人違いなら申し訳ございませんが、もしかしてあなた芝新明にお住まいだったことはございますか」

「えッ。芝新明ェ……うん。懐かしいねェ。俺ェガキの時分に住んでた。貧乏長屋で食うのもやっと。はいつくばって生きてたねェ。芝新明なァ。久し振りに聞いたよその名前ェ。俺ェ住んでたことあるよ」

「そうですか……あなたやっぱり千ちゃんだねッ」

「何だよ。ひとのこと気安く……て、おめえ」

「千吉さんでしょ。そうでしょ」

「そうだよ……おめえ、チヨちゃんだッ……久し振りだねェ。いやァチヨちゃんに会えるなんてねェ。火事さまさまじゃねえか……おめえ、大きくなったねェ」

「千ちゃんも元気そうで良かった」

「俺ァボチボチだな……おめえずいぶん何だよ。お腹こんなぽこらんぽこらん出て。えッ。赤ん坊かい」

「もうすぐ産まれるんだ」

「そうか……じゃあ亭主持って子供も出来て。良かったねェ。御亭主は何やってんだい」

「駕籠かきやってる」

「あァそう。駕籠ォかついで。そうか。そいつは威勢が良い仕事じゃねえか。良かったな……もうすぐ産まれるの。へへッ……でも何だね。チヨちゃんに子供が出来るってえのは妙な心地がするね……いやァ。おめえさんの顔見たらブワーッて昔のこと思い出すよ」

「あたしも思い出してたの。千ちゃんには色々お世話んなったもん……ほら。千ちゃんよりもあたし小さかったでしょ。だからお腹空いたお腹空いたって。貧乏長屋で食べる物がなかったからさ。ウワーッて泣いたりなんかするとねェ。千ちゃんが必ずあたしに『ちょっと待ってろ』って飴玉やなんか持ってきてくれたでしょ。美味しかったァ。あの盗んだ飴玉……それでもお腹空いたって言うと『それじゃあ今度は数の子持ってくるから』って。どこから持ってくるのって聞いたら『角の乾物屋だよ』って……盗んだ物でお腹いっぱい」

「何だよォ盗んだもんとは。俺ァそんな悪いことォしてねえよ。俺はちゃんと覚えてる。盗んだなんてそんな覚えがねえから。銭ィ出して買ったはずだよ」

「そんなことないって千ちゃん。いろんな物盗んできて一緒に食べたじゃないのよ。それで色々と教えてくれたでしょ。あそこの神社は賽銭箱ん中にあんまり銭入ってないからね。どうせなら水天宮さまに行ったほうが良いよ、なんてこと言ったでしょ」

「いや俺ェそんなこたァ覚えてねえ」

「覚えてるでしょ。水天宮さまに行けばいっぱいお金が入ってるって」

「そうじゃねえよォそらァ不動さまだよ」

「やっぱり覚えてるじゃない」

「くだらねえこと覚えてるなァおめえは……でも、チヨちゃんおめえはちっとも変わらねえな。そりゃ大きくなったぜ。良い具合に老けたもの。いやいや怒っちゃいけねえよ……だけどな。やっぱりそのニコニコって笑ったその笑顔。それだけは変わらねえ……チヨちゃんは今ァ幸せなんだなァ……良かった」

「あたしも千ちゃんに会えて嬉しかった……そうだ。千ちゃんのおかみさんってどういう人なの」

「へへッ。俺ァひとりもんだい」

「そうなの」

「ああ……ずーっとフラフラしてる風来坊だい」

「そうなんだ……確か千ちゃん、お医者さまになるってお医者さまの先生のところに修業に入ったでしょ。やっぱりお医者の仕事ってのは大変なんだね。忙しくておかみさんも持つことが出来ないんだね……そうでしょ」

「へッ。チヨちゃん知らねえのか……俺ァ医者の修業に入ってそれからあの町ィ離れたからね。まァこうやって久し振りに会って、男がこういうこと言うの恥ずかしいけど俺ァね、医者んならなかったんだ」

「えッ……千ちゃん今ァお医者さんじゃないの」

「お医者さんじゃないのも何も、俺ァただの一度も医者にはなってねえんだ……そうかチヨちゃん、知らねえんだったら話ィするけど、俺ェ、弟子入りした先生には他の連中よりも可愛がられたんだよ。でもどの世界も同じだな。可愛がられると周りがやくんだよ。何とか俺の足ィ引っ張ろう引っ張ろうってんで、俺ァみんなにとことんいじめられたよ……それだけじゃねェ。俺ァへんなこと吹かれたんだよ。先生の金がなくなって、それを盗んで使い込んだのは千吉おめえだって言われちまって。俺ァそんなことしてねえ、してねえって言っても、あんまり周りがワァワァワァワァ言うから、そのことがワーッて広がっちまった……その後ォ先生の金は出てきた。出てきたんだよ。だけどもう『時すでに遅し』だ……見ろよほら。そん時に裁きに掛けられて墨ィ入れられちまったい……いいかいチヨちゃん。墨だよ入れ墨だよ。これでもう俺ァまともな仕事に就けねえだろ。だから俺ァ今の今まで悪ィことしてきた。やっちゃいけねえことみんなこの身体のすみずみまで入ってる。みィんな染み込んでんだ……いろんなことやった。その日暮らしでな。毎日毎日どんなことしたら銭んなるか。そればかりだ」

「千ちゃんはそんな人じゃないんだから。ほんとは良い人なんだから。頭も良いんだから……だからそんなことしちゃいけないって……ね。今からでも良いから。まともな仕事に就いて。お願いだから」

「頭ァ上げろ……言ったろ。墨ィ入ってんだ……俺とは関わらねえほうが良い。今日ここで会って話したことも忘れろ。わかったな……産まれてくる子供、大切にしろよ……それじゃあな」

「駄目よそんな。千ちゃん……う、うう」

「おいどうしたッ」

「おな、お腹が……も、もう産まれるかも」

「産まれるのか。ずいぶん早えじゃねえか……おい。あんただよあんた。坊さんあんただ。聞いてたんだろ俺たちの話ィ。赤ん坊が飛び出すかもしれねえんだ。お産婆さんいねえのかよ。産婆だよォ産婆……いねえのかい。全くしょうがねえ……まあ何だ。俺だって医者の卵やってたんだ。わかった。おう。チヨちゃん。心配ェするこたァねえから。俺が何とかするから。チヨちゃんの赤ん坊ォ俺が取り上げてやる……なあに心配要らねえ。医者の道から離れてだいぶ経つが、全てはそっくりこの頭ん中にある。みィんな覚えてるから安心しろ……やるしかねえだろうよ。チヨちゃんいいか。てめえの赤ん坊ォ生きたまま抱きてえなら俺の言うこと聞け……おう。おめえらボーッと突っ立ってんじゃねえよ。この御新造あそこの小屋まで運べ。運べってんだ……何だよ坊さん。こんなところでお産なんてとんでもねえだと。何言ってんだよてめえは。ふざけんじゃねえよ。いいじゃねえか。坊主なんだろてめえ。苦しんでる人ォ助けるのがてめえらの仕事だろ。いつまでもグズグズ言ってるとこの寺ァ赤猫這わすぞ……おう。女連中集まれ集まれ。いいかおめえたち。自分が産んだ時のこと思い出してくれよ。何十年経ってるか知らねえけどなァ、そん時のこと忘れたとは言わせねえから……とにかく俺の指図通り動け」

江戸の頃の妊婦は座ってお産をしたんだそうで。今は妊婦さんはこう横になってるでしょ。でも昔はそうじゃないんだそうで。天井から吊るした綱につかまりながらしゃがんで、その脇には蒲団とか米俵とかの、寄り掛かれるものを置いとくんだそうです。力んだりする時には綱にぶら下がったり。今以上に命がけでねェ。

「よォし。あと少しだから大丈夫だよ……どうだ。よしよし良いぞ……よしッ」

おぎゃあ。

「男の子だよほらチヨちゃん。元気に泣いてらァ。ピチピチだよォピチピチ……河岸に売っちゃえ」

「魚じゃないから」

「チヨォーッ」

「おい……野郎てめえ。言ったろ。女しか入っちゃいけねえんだこういうところは。だから男がのこのこ入ってくんじゃねえ。何やってんだよ」

「あの……あたくしチヨの亭主でございまして」

「おめえさん駕籠かきの」

「へえ。産まれたんでございますね……何でも、先生がみィんなやって下さったって……どうも。ほんとにありがとうございます」

「頭ァ上げろ……俺は先生でも何でもねえ。ただの通りすがりだい。良かったじゃねえか。なあ……おめえさんチヨちゃんとガキの面倒しっかり見るんだぜ。わかったな。頼むぜ」

「先生。みんな先生のおかげでございます。命の恩人でございますのでもしよろしければ、先生にうちの子供の名前を付けて貰いたいのですが」

「駄目だァそんなの……おめえ聞いたんだろ。この俺がただの通りすがりじゃねえってこと、おめえさん知ってんだろ……しょうがねえなァ……俺ァ罪人なんだ。俺の名前なんぞうっかり付けてみろ。大変だよ。ろくなヤツ出来ねえから……やめときな」

「そんなことございません。この子の命の恩人でございますから……では、こうしましょう。先生のお名前から一文字だけいただいて」

「駄目だ。わかんねえヤツだな」

「そこを何とか」

「しつこいねェ……おいよく聞けよ。俺はこう見えても人殺しこそしてねえがな。この江戸の町で散々悪いことしてきた男だ。それがついこないだドジィ踏んじまってとうとうお縄んなった。はるか昔ィ俺のこの左腕に墨ィ入れやがった北町のお白州で、今度ァ死罪というとてもありがてえお裁きを頂戴してなァ。あとはもうこの首ィはねられるだけェ。牢ん中でその日が来るのをただただ待つだけの日々だったんだが、こないだの火事で『切り放ち』になって牢から出られたってえ、そういう男なんだよ俺は。出世前のガキに名前なんぞ付けたり一文字あげたり出来るような、そんな身分じゃねえんだ。わかったかァ。おめえがガキのためェ思うんなら俺なんかに関わるんじゃねえ。俺のこたァ忘れちまいな」

「あたくし聞いたことがございます。火事で牢から出されて三日のうちに、暮六つになるまでに牢に戻れば罪が軽くなるって。回向院でも、北の奉行所でも南の奉行所でも戻れば罪が軽くなるそうじゃありませんか。今からでも間に合います。回向院行きましょう」

「冗談言うねェ……俺だってその話は聞いてるよ。でもそうはいかねえよ。何がって俺ァ死罪って言われてるんだよ。死罪が軽くなったって島流しじゃねえか。島流しなんてえのはおめえ死んだも同然だい」

「そいつァ違いますぜェ先生。生きてさえいりゃ何かの拍子に御赦免《ごしゃめん》てえこともあるかもしんねえ」

「そうかもしれねえがもう暮六つだ。さすがにもう間に合わねえよ……じきに仲間が俺のこと、この寺に迎えに来る手はずになってる」

「先生はその後ォ一体どうするおつもりで」

「知れたこと。江戸から遠く離れたどこかの町に高飛びして、そこでやりてえように短え命をおもしろおかしく生きるつもりだ」

「そんなことしちゃ駄目ですぜ」

「気持ちだけ頂戴するよ。悪いがおしめえなんだよもう俺ァ。この墨だけじゃねえんだ。俺の身体にはもうすみずみまで悪いことが染み付いてるんだよ」

「情けねえこと言わねえでくれよ。今から急げば暮六つまでに間に合うはずです」

「強情だねェ……俺にその気がねえから無理だ」

「何ォ……先生がそういうこと言うんならね、俺だって江戸っ子だ。こうなりゃ腕ずくでも回向院まで連れてくから覚悟しな……おいみんな。ちょいと手ェ貸してくんな。縄ァ持ってこい」

「おい何すんだァよせよォ痛え痛え痛え」

「これだけ縛れば逃げられねえだろ。ようし。このまま駕籠に乗せちまおう」

「よせよせェやめろやめろ」

「やめませんよ」

「馬鹿野郎ォてめえは。何で俺のことォ縛り付けるんだよォ。おめえなァ俺はてめえの女房子《にょうぼこ》のことォ助けたんだぞ。その恩を忘れたか」

「忘れねえからこうするんだい」


むりやり駕籠に乗せて早駆けでダーッと。


「はい回向院でござんす。どうでえ」

「痛たたたッ……駕籠から放り出すんじゃねえ」

「間に合いましたよォ先生ェ……あの。こちら間に合いました。暮六つまでにちゃんと戻りましたんで。どうぞよろしくお願いします……やったね先生ェ」


千吉は八丈島に送られる。さてこの島暮らし、遠島てえのは、何年で江戸に戻れるだとかそんな刑期ってもんがなかったんだそうで。将軍さまの代替わりとかそういうめでたいことがある時に、御赦免船で江戸に戻ることが許される。恩赦ってやつですね。それをひたすら待たなきゃいけない。食うや食わずてえ島暮らしの中で、年に二回ほど来る船に「今度こそ戻れるかも」と、一喜一憂させられるわけで。春・夏・秋・冬。季節は巡りますが罪人たちはとにかく島で待つことしか出来ない。いっそ戻るのを諦めてしまえば良いんですが、なかなかそうは割り切れるものでも無いですよ。まさにこれが島流しに与えられた一番の罰かもしれませんね。そんなこんなで八丈での時は流れて十数年。黒々としていた髪に、白いものがまじり始めた千吉にも御赦免の時が。


「先生ェ。こちらです先生ェ」

「ああ……わざわざ出迎えに来てくれたのか。すまないねェ。それにしても何だな。ちょいと見ないうちに二人ともたいそう老けたじゃねえか」

「そんなのお互い様よ……ねェ千ちゃん。この子ォ一体誰だかわかる」

「ん。この子って言われても……あッ。もしかしてあん時に俺が取り上げた赤ん坊かい。だよなァ……生意気にこォんなに大きくなりやがって」

「ほら。先生に挨拶しな……実はですねェ、この野郎は先生の名前から千の字を頂戴して、千太郎と付けさせていただいたんですがねェ。御利益があったんでしょう。三年ほど前から医者の修業を始めまして」

「そのうち捕まるよ」

「大丈夫ですよ……でも良かった。これでうちの町内で先生ェ医者やれますねェ……聞きましたよ。先生ェ八丈島で医者やってたんですってね」

「まあな。島で生きるためにはしょうがねえんだよ。医者なら大事にされるから」

「またそんな。先生が島でたくさんの病人救ってたって話は江戸にも届いてます。ぜひうちの町内に来ていただきたいんですよ。何しろろくな医者がいませんからねェ。先生が来てくれたらみィんな喜びますよォ。八丈先生ェ、島流し先生ェ、赤猫先生ェって」

「褒められてる気がしねえんだが……実はな。俺ァ次の船でまた八丈島に戻ろうと思うんだ」

「え……十数年苦労してやっと戻れたってえのに」

「そうなんだが島には医者が足りねえんだ。俺みてえなヤツでもいねえよりマシでな。小石川のほうから薬草ォ分けて貰ったらそれェ持って次の船で俺は戻るよ。もうおかみのほうからお許しもいただいてるんだ。おめえたちの気持ちは嬉しいが、俺がいなきゃどうしょうもねえのが島で待ってる。見捨てるわけにもなァ」

「ほんとに行っちゃうの」

「すまねえな」

「やっと江戸に戻れたってのに」

「チヨ。泣くんじゃねえ……先生はやらなきゃいけねえことを見付けたんだ。それェ止めちゃいけねえ。たとえそれが島に戻ることでもな」

「なにチヨちゃん心配すんなよ。八丈島なんて俺たちの住んでたとこに比べりゃ極楽なんだ。俺ェ八丈島行ってずいぶん出世したと思うね」

「何で島に行ったのが出世なの」

「考えてもみな。俺たちガキの時分は汚え長屋で三畳の貧乏暮らし。それが今じゃ八丈で島暮らし……三畳から八丈だ……五畳も増えたよ」

三　「御落胤《ごらくいん》」柳家小せん師匠

「お隣の婆さん。いま帰ったよ」

「あら八っつあん早いね」

「仕事がはんちくになったもんでね、早じまいになったんだけど。留守に誰も来なかったかい」

「来やしないよ」

「そうか。いつもすまねえな。あァそうだ。今日大家んところからこれェ貰ってきたんだ。ようかんなんだけど俺は甘いもの食わねえからな。婆さんにはいつも世話んなってるからさァ」

「あらすまないねェ。ひとさお丸々……ありがたく頂戴するけどこんな気を遣うことないんだよ。あたしァヒマな身体だし、糊屋《のりや》の仕事だってそう忙しいわけじゃないんだから……おまえさんも何だね。おかみさんでも貰えばそんな気を遣わなくても済むのにさ」

「相手がいねえんだよ」

「いるよ。いつもそう言ってるじゃないか」

「勘弁してくれ。婆さんが世話しようってのは婆さんと同い歳だってそう言うじゃねえか」

「でもねェ年上の女房なんてオツなもんだよ」

「年上が過ぎるよ。八十過ぎてんだろ」

「そりゃ八十は過ぎてるけど、女としてはちっとも枯れちゃいないよ」

「いい加減に枯れなって」

「まだ何か持ってるね。何持ってんだい」

「あァこれか。これねェあの大家んところから預かってきたんだ。すずり箱ってんだけど、ただのすずり箱じゃねえ。隠し箱だってんだよ。何でも中に何か隠してあるんじゃねえかって。大家はもちろんこれの開け方知ってんだろうけどおかみさんだよ。ことによったらあたしに見せられない物が入ってんじゃないか、ちょいと開けてみてくれ、手先の器用なところで、旦那に内緒で、って頼まれちゃった」

「あら。そんなことして良いのかい」

「俺もまずいなって思ったんだけど、断り切れなかったんだよ。あのおかみさんやきもちやきだろ」

「そうだよォあのおかみさんひどいやきもちやき。またあの大家さんがさァ、町役なんかやってるけどまだ若いだろ。あのおかみさんのやきもちやきは、ほんとに尋常じゃないからね……前の騒ぎ、知らないかい」

「あァ聞いてる聞いてる。前にも騒ぎがあったって」

「そうなんだよ。あれがあったのはおまえさんが越してくる前だったけどね。何でも女のとこから届いた手紙を大家さんが隠してたってんで、それがおかみさんに見付かって、出刃包丁振り回して生きるの死ぬのってえらい騒ぎだったんだから」

「そうそうそう。そのこと聞いちゃいるから俺ェまずいなって思ってるんだけども、断り切れねえ」

「だからね。何が出てくるか知らないけどさ。物によっちゃおかみさんに見せない、隠しといたほうが良いかもしれないよ」

「あァそれもそうだな。わかったわかった。婆さんありがとよ……ああ。ええこと引き受けちまったな。隠し箱だか何だか知らねえけどね。この八五郎さまの手にかかりゃあ。確かに何か隠れてるようだな。ここんところがこうだから。こうじゃねえな。こっからここをこうするんだ。こうしてこうすると……おッ。なるほど確かに。よおッ……開いた開いた。やっぱり何か入ってんだ。こんな上等のフクサにくるまって。大事そうなもんだけども。何だこれは。短刀かこれ……三つ葉葵の御紋が入ってるよ。将軍さまの御紋だよこれは。よほどの……これェおかみさんのやきもちやきどころじゃねえぞ。ええもの開けちゃった。こんなの大事に隠してんだから。見付かっちゃまずいもんなんじゃねえかこれ。これが大家のもんだと知られたら。ええもの開けちゃったなァこれな。でもこれ良いもんだ。ほら。ぴかぴかぴかぴか光ってんだよ。よほど良いもんなんだろな。

良いもんってのは手になじむんだ。よッ。いい感じだよこれ。よッ」

「おい八ィいるか……おおッ。何してんだよおい。刃物振り回してどうした」

「熊さんか。すまねえすまねえ。何でもねえんだ」

「ちょっと待て。何でもねえんだっておい。ひとの目の前で何か隠すような真似すんじゃねえ。一体何を隠したんだ。ちょいと出してみろ。だからちょいと見せてみろってんだよ。何だ何だ。短刀か……おおッ。三つ葉葵の御紋……おめえ一体これどうした。どこで盗んだ」

「ちょっと待て。何だって急に盗んだって」

「だってそうじゃねえか。おめえがこんなもの持ってるわきゃねえだろ。おいそれと買えるもんでもねえ。また売ってるようなもんでもねえし。こしらえたなんてのはもってのほかだ。そうなるとおめえがどこかから盗んできたとしか思えねえ。どこで盗んだ」

「どうして盗んだってことになるんだよ。だから違うんだよ。これは大家のもんで、あ、お、おおや、おや、親から譲り受けた。この八五郎家に代々伝わる物だというところに考えは至らねえか」

「至らねえな。おめえんところにこんなもんがあるわけねえ。仮にあったとしてもだよ。おめえのこったこんなもんあったらすぐに売っ払って飲んじまうだろ。どこで盗んだ。一体どこで盗んだんだよ。よし。番所に一緒に行こうじゃねえか。おかみにも慈悲があるからこっちのほうからちゃんと頭下げて謝ったら勘弁してくれねえとも限らねえ。なあ。一緒に番所に行こう」

「そうじゃねえんだよ。盗んだんじゃねえんだよ」

「じゃ盗ったのか」

「おんなじことだよ。そうじゃねえんだ」

「じゃあどうしたんだよこれ一体。おいそれとこれ手に入るようなもんじゃねえぞ。将軍家の御紋だよ。将軍の親類でも持てるもんじゃねえぞ。よほどこの将軍さまと繋がりの深い、将軍さまの奥方さまとかお子さまとか。そうでもねえとこんなもん手に入るもんじゃねえ」

「そうかもしれねえぞ」

「何だよそのそうかもしれねえってのは」

「だから俺が将軍さまのお子さまとは思えねえか」

「思えねえよ。いいから俺と番所に」

「だからこれがうちにあるんだから。俺は将軍さまのお子だ」

「御落胤とでも言おうってのか」

「何その御落胤って」

「おめえは何にも知らねえな。つまり偉い人が脇でこしらえた落としだね。これを御落胤ってそう言うんだ」

「俺はその御落胤」

「いい加減にしろよ。おめえそんなことばかり言ってるから仕事だってうだつが上がらねえんだよ。金も貯まらねえ。女にもモテねえ。物事は順に行ってら」

「何だこの野郎ォ。そこまで言うか……いいか。ここにこういうものがある。この短刀が何よりのあかしだ。おそれおおくも将軍さまの御落胤たァ、あ、俺がことだァ」

「何ィ気取ってんだ」

「ちょいと八っつあん何の騒ぎ……あ、熊さん来てたのかい。一体どうしたの」

「どうしたのじゃねえんだよ婆さん。この八公のヤツがえれえこと言い出してんだ。短刀持ち出してねェ。俺は将軍さまのお子だ、御落胤だなんて」

「八っつあん、ちょっとそれ本当かい。おまえさんほんとに将軍さまのお子なのかい」

「そうだよ。御落胤ってんだ。将軍さまのお子だ」

「本当かい……あらやだ。ただのお人じゃないと思ってたけど。こうしちゃいられない。こりゃ大変だよ。ちょいとみんな聞いておくれ。ちょいと大変だよ」

「おいおい婆さん……行っちゃった」

「大丈夫かね。あの婆さんおめえのことんなると目の色変わるから」

「何その目の色変わるって」

「気付いてねえの。あの婆さんおめえに惚れてるよ」

「そんなわけねえだろ。あの婆さんは俺にカミさん世話してやるってそう言ってんだよ」

「あの婆さんが」

「そうだよ。同い歳の八十過ぎでもって俺のことよォく知ってて手に職があって、女としてはちっとも枯れちゃいねえのを世話してやるって」

「それェ当人のことなんじゃねえか」

「おォ八公。今ァ婆さんが『八公が大変だァーッ』って叫んでたけど……あれ。熊さん来てるの」

「聞いてくれよ。八公のヤツがとんでもねえことを」

「騒ぐようなことじゃねえから」

「ごめんよ……何だか今さァ、婆さんが『八五郎さまは凄いんだぞォーッ』ってどっか行っちゃったけど、何かあったの」

「勘弁してくれ」

「ごめんなさいよ……お。皆さんお揃いか」

「あァッ、清十郎先生ェ」

「今、糊屋の御老女が『八五郎どのは御落胤だ、ひかえおろォーッ』と言ってどこかに去って行ったのだが何かありましたかな」

「いやァ清十郎先生ェ。ちょいと聞いて下さいよ。この八公の野郎がねェ、三つ葉葵の御紋の入った短刀を持ち出して、俺は将軍さまのお子だ、御落胤だ、なんてこと言い出して」

「三つ葉葵の短刀……熊さん失礼しますぞ。八五郎どのその短刀とやらを見せては下さらんか」

「先生ェそんな、ひとに見せるような物じゃない」

「ワシは今でこそ浪々中の身の上だが、かつての仕官の折にはな、藩祖以来のお宝ものを取り扱うという役目に就いておった。その時に鍛えたこの目はいささかも衰えてはいないつもりだ。これは真物《しんぶつ》これは贋物《がんぶつ》。どこから出たどういう物と、たちどころのうちに見抜いてみせよう……見せていただきたい」

「そうですか。あんまり見せたくねえんですがそこまで言われちゃ……あのね。これなんですけどねェ」

「ん……うーん。これは」

「うなってますねェ先生ェ……そんな凄い物ですか」

「正直驚いた……八五郎。これは如何いたした」

「如何いたしたって、だから大家……おおや、おやおやおや、おおやけには出来ねえ俺が身の上。我が家に代々伝わる物で」

「代々これが伝わる……これをあかしに御落胤、ということは、これはまことの話かもしれませんぞ」

「ちょいと待って下さいよォ先生ェ……そんなわけ」

「いや。これは将軍さまの持ち物と言ってもなんらおかしなことなどない。まさしく国俊《くにとし》の真物である。これをあかしに御落胤というなら、うん、将軍のお子でも不思議はない」

「不思議ですよ。そんなわけないでしょ」

「今の将軍さまは名うての子だくさんだ。幕府が認めただけでも五十人からのお子がある。認められていないお子のうちの一人が、この八五郎どのだとしても不思議はないだろう」

「不思議だよそれ……でもほんとに、この八公ォ、はちこう、はち……八五郎、さまは」

「皆の者。頭が高い……ひかえおろう」

「ははァーッ」

「ハチハチハチハチ、八五郎、さま。俺ェ侍になりてえんだ。ちょいとリャンコにしてくれねえかな」

「おい何を言い出すんだよ」

「おめえ、将軍のお子だったらそのくらいのこと出来るだろ。俺ェいつまでも町人でいたくねえんだ。男と生まれてどうせだったら、リャンコになりてえって思ってたんだよ。ほら。あのこないだの寄り合いの割り前。俺が立て替えたじゃねえか。あれ棒引きで構わねえからさァ侍にしてくれねえかな」

「なに馬鹿なこと言ってんだ」

「八五郎どの……ワシもな。浪々中の身の上ではあるが正直このまま埋もれとうはない……どうか、そなたの口利きで、仕官の口を」

「先生まで勘弁して下さいよ」

「ごめん下さいまし。ごめん下さいまし」

「誰か来たよ。みんなそっち行って……えェ何です」

「あの、御落胤の八五郎さまのお宅はこちらで」

「婆さんどこまで広めに行ったんだ……へえ。八五郎は確かにあたしですが」

「失礼致します。てまえ表通りで呉服問屋を営んでおります山城屋と申します。あるじの、六右衛門めでございます。八五郎さま御落胤とのことで……これからお城へお出向きになるということですが、それでその、如何でございましょう。御登城の折のお身なりはてまえどもに一手に引き受けさせていただければと……恐れながらこちらはその、お近付きの印《しるし》でございます」

「何ですこれは」

「百両包んでまいりました。不足でございましたらまた持ってまいります。如何でございましょう。いずれ大奥での商いなど許して貰えましたら」

「あたしもおそばに置いて貰いたいねェ」

「婆さん戻って来やがった……どこまで行ったんだ」

「八五郎さま。このあたしもおそばに置いてくれないかね……良いんだよ。大勢いる側室の一人で。ねえ八っつあん。おそばに置いておくれ」

「あァもうこっちに来るんじゃねえ」

「そんなこと言わないで……言うこと聞くよ」

「あっちに行ってろ」

「ごめん下さいまし。ごめん下さいまし……造り酒屋の玉源からまいりましたあるじの源蔵と申します。これはほんの祝いの品でェ角樽《つのだる》でございまして、いま表に四斗樽《しとだる》が届いておりまして、それからお近付きの印でございます。恐れながら三百両ォ」

「勘弁してくれよ」

「あのごめん下さいまし。てまえ両替商の大和屋と申しましてェこれはほんのお近付きの印で五百両ォ」

「おいどうなってんだこれは」

「ゆるせよ……ごめんッ」

「お侍さまだ。みんな脇ィ寄っててくれ」

「八五郎どののお宅はこちらか」

「婆さんどこまで行ったんだ……八五郎はこちらで」

「南町奉行所筆頭与力、石田播磨《はりま》と申すもの……八五郎どのを迎えにまいった」

「迎えが来た迎えが……将軍さまから『俺の子ォ連れてこい』って言われてきたんだよ。ついにお城に行くんだねェ……八五郎さまおめでとうございます」

「黙ってろ……どういうことです」

「迎えと言っても城内ではない。まずは奉行所へとお出ましを願いたい」

「奉行所ォ……一体何です」

「町方の噂を聞き付け、八五郎どのが御落胤というそのあかしを集めることと相成った。まず奉行所にお出向きいただき、これがまことであるということになれば、すぐにでも城内にて、めでたく親子の御対面」

「親子の御対面と言いますと」

「もちろん上さまとそなたである」

「婆さん何言ってくれてんだよ……あのですね。調べた上でそれが『違うなァ』ってことになったらこれは一体どういうことになりますか」

「それはあってはならぬこと。貴殿も御存知でござろうが、おそれおおくも御落胤を名乗ってかみをたばかった天一坊という荒くれものとその顚末を」

「知りません。天一坊。何ですそれ」

「おそれおおくも八代将軍吉宗公の御落胤と名乗ってかみをたばかりし大悪人。調べの末に獄門と相成った」

「獄門、てえとさらし首」

「いかにも。その首はさらされ、胴体は試し斬りに使われた……貴殿はそのようなことはなかろう。さあ、奉行所へ同道願いたい。さあ、奉行所へ……八五郎どの如何致した。さあ、奉行所へお出ましを」

「どうかお待ち下さいませ」

「何だそのほうは」

「この長屋の家主にございます」

「家主が如何致した」

「てまえどもの店子が、たいそうお騒がせを致しておりますが、この八五郎が将軍さまの落としだねの、御落胤など滅相もございません。いえ、この八五郎にかみをたばかろうなどという気はちりひとつございません。これはあくまで間違いから、勘違いから起きたことで」

「間違いでかようなことが起きるか」

「えェそれはあの、この八五郎と申すは先日流行り病に掛かりまして三日三晩高熱にうなされまして」

「狂人になったと申すか」

「さようでございます。愚か者のすることでございますから、どうぞ御勘弁を願います」

「まことと、さようであるか……これから調べが始まろうというところ、今なればなかったことにも出来るが八五郎、それでも良いのか……さようであるか。以後、このような騒ぎを起こし、かみを騒がしてはならんぞわかったな。きつく申し付けるぞ……八五郎。調べが始まる前で良かったな……ではごめん」

「どうも相済みませんでございます。ありがとうございます。恐れ入ります……おいこら八公ッ」

「大家さんすいません」

「すいませんじゃねえや。何だってこんな……みんなもそうだよ。一体何をして……ん。みんなでもって八公のことたきつけた。しょうがねえなァ帰んな帰んな。ちょいと考えればそんなわけねえってわかるだろ。良いから帰んなよ……あッ婆さん。おめえずいぶん活躍したそうじゃねえか。おめえには後でゆっくり話がある……ほらみんな帰った帰った。みんな帰んな……おい八公ォおめえが外行ってどうしようってんだ。戻ってこい……八五郎、何だってこんなことをするんだ。えらい騒ぎを起こしやがって。まァおめえ一人が悪いんじゃねえ。周りのみんなも良くねえ……そもそもうちのカミさんが良くねえ……この短刀と、すずり箱は返して貰うぞ。すぐにこんなことは忘れちまいな」

「忘れちまいなってねえ、そうすぐに忘れられるようなもんじゃありませんよ……あっ、その短刀は大家さんの物なんですよね。てことは、ことによったら、大家さんがその御落胤だったりなんかして」

「そうだよ」

「え。そうだよって……そうなんですか」

「誰にも言っちゃいけねえぞ……これ、うちのカミさんだって知らねえんだからな……俺には兄弟がたくさんいるんだが、この兄弟がな、よくわからない死にかたをして、俺も毒を盛られたことが何度かあったよ。これじゃ幾ら命があっても足りやしねえ。それで士分を捨てて、それからこう色々あってこの長屋の家主になったんだ」

「色々あってって色々あり過ぎですよ。わざわざこんな裏長屋の家主なんかになるこたない……あ。もしかしてこれェ徳川家主《いえぬし》かなんか洒落ようってんですか」

「何でも良かったんだ。侍じゃなければ……縁があってここへ来たんだが、こんなことが知れたらえらいことになる。わかったろおめえだって……何だってそんな嘘をついたんだ」

「嘘をついたって、こんな騒ぎ起こすつもりはなかったんですよ。いやこれェ大家さんのもんだって知られちゃマズイかなって。そのこと言わずにいたら、盗んだんだろ、盗んだんじゃねえ、って言ったら、なんかこういうことになっちゃって相済みません」

「そうか。俺の物だってこと隠しててくれたか……そうだな。こいつはこの長屋の家主の物、俺の物ってことにすりゃおめえは楽だったろうに。でもそうすりゃ今度はこっちが調べられてまた話が厄介になる。おめえに助けられたんだな……すまなかった。こんな短刀一つ、紋所一つでこんな騒ぎが持ち上がる……八公ォ。そこにあるそのノミ借りても良いか。商売物をすまねえな」

「あ。大家さん何するんです。ちょっと。あっ。三つ葉葵に刃を向けたりなんかして……あ。ちょっとちょっとああッ。削っちゃった……それ大家さんが御落胤だってあかしなんでしょ。そんなことして良いんですか」

「俺ァもとより戻るつもりはねえしな。こんな物があるから騒ぎが持ち上がるんだ。二度とこんな騒ぎを起こしちゃいけねえ。店子を守るのは大家として当然のつとめだ。大家といえば親も同然、店子といえば子も同様って言うだろ」

「それは勘弁して貰いてえなあ」

「どうして」

「だって大家さんが親なら今度は将軍の孫になっちまう」

四　「まんぷく番頭」柳家一琴師匠

「あァこれこれそこの町人。ちょっと待ちなさい」

「へえ……あたくしでございますか」

「うむ。おまえさんじゃ」

「あたくしに何か御用でございますか」

「勘違いしてはいかん。ワシがおまえに用があるのではない。おまえがワシを必要としているのだ」

「ちょっと用事がありますんで」

「ワシはな、売卜《ばいぼく》を生業《なりわい》としておる」

「ああ、占いですか……その易者の先生を何であたしが必要としてるんですか」

「まあ、わからんのも無理もない。今ァワシの目の前を通り過ぎようとしたおまえさんの面体《めんてい》、見るとはなしに見てワシは驚いた。ワシはな、今まで何百人、何千人の人相を見てまいったが、これほどまでに愉快痛快な顔に会うのは初めてだ。よくその顔で表を歩けるな」

「大きなお世話ですよ」

「何かの罰か」

「あたし、おしおきでこの顔になってるわけじゃないんですよ……これでもうちのカミさんはね、あたしの顔を見て、おまえさんは笑うとえくぼが可愛いわねェ、ってこういうふうに言ってくれるんですよ」

「呪いか」

「話を聞きなさいよ」

「おまえの顔には世にも珍しい相が出ている」

「ひとの話を聞きなさいってんですよ」

「ワシが今ァ見てしんぜよう」

「良いです良いです。あたしそういうの信じないことにしてるんですよ。当たりっこありませんから」

「いやいやいや……そんなことはない。まァこう言うと自慢に聞こえるかもしれんがなァ。ワシの見立ては良く当たるぞォ……どれくらい当たるかというとなァ、この間もおかみから『そのほうの易は人を惑わす。適度に外さぬと死罪を申し渡す』とまで言われたほどだ。自慢ではないがなァ。ワシの見立ては当たるぞォ」

「自慢ですよねそれ……ほんとに結構ですから」

「そこまで言うんだったら、今ァおまえのことをワシが言い当ててやるからな……おまえは、商人だな。それも主というほどの器量ではないな……うむ。番頭といったところか」

「当たってますよ。確かにあたしは番頭です。当たってますけどね。そんなことはねェ、あたしのナリを見ればだいたいわかるでしょ」

「手を見せなさい……生薬屋か。上総屋の番頭だな」

「当たった……でも何でそこまでわかるんですか。怖い怖い怖い怖いッ」

「これがワシの易の腕だ……よいか。人に言ってはならんぞ。今も言ったように、ここまでぴたりと当てるのがおかみに知れたらワシが死罪になってしまうからな」

「このひとの易は良く当たるゥーッ」

「やめろやめろ」

「あたしの顔に出てるっていう、その珍しい相ってのは一体なんです」

「ショクナンだな」

「はあ」

「だからショクナンの相だ」

「何でございますそのショクナンの相というのは」

「食べるに難しいと書いて食難だな。おまえさんはこれから先、食べ物のことで大変な目に遭う」

「なるほど。わかりました。身体を壊して食べ物が食べられなくなるとか、貧乏になって食うに食えなくなっちまうとかそういうことですか」

「逆だな……おまえはな、物が食べられて食べられてどうにも仕方がないという目に遭うのだ」

「それって良いことですよね」

「なんで」

「食いっぱぐれがないってことでしょ。だってそうじゃありませんか。今の世の中ァ食べ物がなくてみんな腹ァ減らしてるんですよォ。食いっぱぐれがない、いつでもお腹がいっぱいでいられるって、それって良いことじゃありませんか。ねェ」

「そうかな」

「ですよ。あのねェこんなこと言いたくありませんけどねェ。うちは小さい頃ォ貧乏だったんですよ。こうして奉公に出るまではねェ、満足に物が食べられなかったんですから。今のお店に奉公して二十八年。やっと番頭にまでなりましてねェ、来年の春にはおかげさまでのれん分けをさせていただけることにもなってるんです。さすがに今でこそねェ、物が食べられなくなることはありませんけど、それでもねェ、食べるものにありつけないという夢をいまだに見たりするんですよ。いつでもお腹がいっぱいでいられる。結構なことじゃありませんか」

「そうか……食難でも構わんと申すのか」

「望むところでございますよ」

「よろしい……ではな。今ァこの場で両の手を合わせて大きな声で『いただきます』とそう言ってごらん。この世には言霊《ことだま》というものがあってな。それを合図に食難が始まるでな」

「のべつ言ってますけどねェそんなこと……ええ。わかりました。手を合わせて『いただきます』と、これで良いんですか……別に、何か変わったってえことありませんが……ええ。わかりましたわかりました。結構でございますよ。お幾らでございますか。あァそうですか。はいはい……ちょっと待って下さい……では、ここに置いておきますから。それじゃこれで失礼を致します……変な占い師だったねェどうも」


「おいおい。今ァ帰りましたよォ」

「番頭さんお帰りなさいまし」

「お帰りなさいまし」

「お帰りなさいまし」

「番頭さんお帰りなさいまし」

「はいはい。今ァ帰りましたけどね。おいおい。定吉や定吉。あたしの留守に何かあったかい」

「あの……池田さまのお使いの方がまいりました」

「お使いの方が何だって」

「へえ。今度池田さまのお宅に大目付さまをお招きすることになっておりますが、その時にお出しするお菓子をどれにするか、番頭さんに味見をして決めて貰うようにということでございました」

「あァそうだ。聞いてましたよ。大目付さまもあたしと同じでお酒が飲めなくて甘いものがお好きだから。同じ下戸の意見を聞きたいんだろうねェ」

「でもォ番頭さん。何で生薬屋のうちがそんなお武家さまのお世話までするんです」

「いいか定吉。うちは池田さま出入りの商人だ。商人がお得意さまのお役に立つのは当然のこと。もしかしたらこれを機に、大目付さまのところにもお出入りが出来るようになるかもしれない。商いってのは、すぐに儲けの出るものじゃないんだ……いいか。目先の銭ばかり追い掛けて先を見ないでいると、大きな損をしてしまうことにもなるんだぞ」

「わかりましてございます……それであの、池田さまはお急ぎということでございますので、こちらにお菓子を並べておきました。味見をどうぞお願い致します」

「あァそうか。はいはい……それじゃ早速味見をさせて貰うかな、っておい。何だいこれ」

「お菓子でございます」

「いやお菓子なのはわかってる。あたしの言ってるのはこれェ量のこと言ってるんだ量のことォ。こんなにたくさん持っていらっしゃったのかい。これみィんな一人で味見しなくちゃいけないのか」

「そうです……番頭さん独り占めです」

「人聞きの悪いこと言うんじゃありません。これはあたしの務めなんだよ。池田さまから『おまえが味見をするように』と言いつかってるんだ。あたしだってね。別に食べたいわけじゃない……あたしだってねェ。困ってるんだよ」

「困ってるように見えません」

「早速いただくことにするかな……えェとどれに。おォおォおォおォ。榮太樓の豆大福かァ。うゥん。これは定番だけれどもやはり美味いんだよ……うんうんうん。ひと口ごとに甘みが腹にズシーンと来る、これがたまらないんだよ。うんうんうん……定吉。おまえそんなとこに突っ立ってじーっとこっちを見てるんじゃない。食べにくいじゃないか……おまえもこれ食べたいのかい」

「いただきとうございます」

「じゃあ早く偉くなって番頭になんなさい。これはねェ食べたくて食べてるんじゃないんだよ。番頭の仕事なんだよ……あたしだってつらいんだ……つらいねェ。実につらい。うん……おまえね。そんなとこでボーッと見てないでお茶でも入れたらどうなんですよ。全く気の利かない小僧だねおまえは。一事が万事なんだよ。そういうところに了見が出てくるんだ。何でそうやって気の利かない……冗談だよ。おまえそんな怖い目であたしのこと見るんじゃないよ。おまえ怒ると怖いんだよォ……これこれこれ。日本橋林屋の最中饅頭。今でこそ最中なんてのは中にみんなあんが入ってるけどね。もともと最中は皮だけの物だったんだ。竹村伊勢というところはおせんべい屋さんなんだけれども、ここの『最中の月』というのがあってな。小倉あんをくるんだというのが最中の始まりと言われてるんだよ。そもそも、最中という名前は平安の頃に詠まれた和歌がもとになっているんだがねェ」

「そんなのどうでも良いんで早く食べて下さい」

「聞きなさいよ話を……もともとねェ、最中というのは満月という意味なんですよ。それに対して四角い最中のことは『窓の月』なんてことを言って」

「うんちくは良いから早く食べて下さい」

「怒るなよ……うん。これは美味いねェ。皮が香ばしいところに持ってきて中のあんの上品な甘さ。これなら甘みの苦手な人でも美味しく食べられ、うんうん、美味いねェ……これも定番だけども、とらやの『夜の梅』は美味しいんだよォこれが。ずっしりと重みがあって中が詰まってるのにスーッと切ることが出来るだろ。これが良いんだよ。うんうんうん。もっちりとした歯ごたえにほどよい甘さがまた。これも捨てがたい……両国屋是清も良いねェ。これもたまらない。尾張さまのお菓子御用をしてるだけあって間違いがないんだ。うんうん。美味いねェ。うんうんうん。うんうん。美味い」

「うう……番頭さん本当に独り占めしましたね」

「そんなこと言うんじゃないよ。あたしだってつらいとそう言ってるだろ……いやいやいや。お茶はもう持ってこなくて良いよ。あたしゃこれから池田さまのところに行かなくちゃいけないからな。おい定吉や。支度をしておくれ……おお。こりゃちょいと食べ過ぎたようだな。身体が重くなっちまった」

「お店がずいぶんと騒がしいようだが……おい。何をしてるんだ。ちゃんと仕事を」

「番頭さん。ただいま戻りました」

「おォ長松かい……おまえ今ァ帰ってきたのか」

「はい。おかげさまで病のおとっつあんを見舞うことが出来ました。これもみな、あたしが里帰り出来るようにと、番頭さんが旦那さまに掛け合って下さったおかげでございます。どうもありがとうございました」

「おとっつあんの具合はどうだった」

「はい……それが」

「何だい。良くないのかい」

「そうなんですが、まだ少しは元気なうちに会えて話が出来ましたので、それだけでも良かったと思ってます」

「そうか……まァそれは何よりだったな」

「それで何でございますよ。これェお店の皆さんで召し上がっていただきたいと思って持ってまいりました」

「お土産かい……この箱の中には何が入ってんだい」

「これェおせんべいが入ってます」

「そうか。おまえのうちはおせんべい屋だったな」

「そうなんでございます。それからうちのおとっつあんから番頭さんに召し上がって貰うように
って別に持たされました……これみィんな番頭さんにって」

「またずいぶんと大きな箱だねェこれ……で、この箱は何が入ってるんだい」

「それもおせんべいです」

「え。これもおせんべいなのかい……ずいぶんとたくさん入っていそうだね」

「どうぞ召し上がって下さい」

「あァ食べる食べる。食べるけどあたしはこれから池田さまのところに行かなくちゃいけないん
でな。帰ったらこれェいただくことにしますよ」

「食べないんですね」

「食べますよ」

「ほんとですかァ」

「うたぐり深いヤツだね……食べるったら食べるよ」

「おとっつあんも喜びますので、このおせんべいどうぞ番頭さん一人で召し上がって下さい」

「はいはい。帰ったら食べさせて貰うから」

「やっぱり食べないんだ」

「食べるよ……後でちゃんと食べるから」

「やっぱりそうなんだ。わかってんだ。後で食べるって食べてる人なんて見たことない。後で定吉に言って捨てさせる気なんだ」

「わかったよ。こっちに貸しなさい……何枚入ってんだこれェ」

「番頭さんの歳の数だけあります」

「てことは三十七枚かい」

「あたしの田舎では、せんべいを歳の数だけ食べ切ると長生きするって言い伝えがありまして」

「早死にするだろむしろ……おまえさっき『お店の皆さんで召し上がって下さい』って持ってきたやつ、一体あれ何枚入ってんだ」

「三十枚です」

「逆なんじゃないのかい。これが店のみんなのでさっきのがあたしのじゃないの……うわ。すごい数だ」

「おとっつあんが、最後の力を振りしぼって番頭さんのために焼きました三十七枚。おとっつあんの血と汗と涙がたっぷりと染み込んでございます」

「血と汗と涙ねェ」

「はい。このへんが血でこのへんが汗でこのへんが涙でございます」

「食べる身にもなれよ……一枚一枚、小ぶりなのが救いだな……美味い。美味しいよ。でもねェ。

美味しいって思う以上に、苦しいってのが先に来るんだ」

「おあと三十六枚です」

「言うなよ……定吉。ボーッと突っ立てるんじゃないよおまえ。さっきも言ったでしょ。お茶ァ持ってきなさいよ。気の利かないヤツだねェおまえは……定吉。おまえ何でそんなに嬉しそうなんだ」

「あたしは別に嬉しくはございませんが」

「笑ってるじゃないか」

「いやその。茶柱が立ちましたもので」

「ほう。それはめでたいな」

「見て下さい。湯呑み茶碗にこんなにたくさん茶柱が」

「入れ直せッ……茶柱じゃないよ、茶殻が入ってんだよそれは。そんなんじゃおせんべいは食べられませんからね……食べますよちゃんと。さっきから食べるってそう言ってるでしょ。だから今ァ食べますよ」

「番頭さんいるかい……どうしたんだ。そんなところに座り込んで。肩で息をして……大丈夫かい」

「今のところは……何でございましょう旦那さま」

「確かおまえさん、これから池田さまのところに行くんだろ。本当に大丈夫なのかい。そうか。なら池田さまのところに行く前にあたしの部屋に寄っておくれ。お願いしましたよ」

「あの旦那さま……番頭でございます」

「番頭さんかい。すまないねェ出がけに。さァさァこっちに入って……これを見ておくれ」

「何でございますかこれは」

「おむすびだよ」

「こんなにたくさんのおむすび。これェどうしたんでございますか」

「お加代が握ってくれたんだ」

「お嬢さまが」

「そうだ……おまえさんも知っての通り、お加代はあたしの実の娘じゃない。女房の連れ子。なさぬ仲てえやつだ……あいつも十六になるんだけれども、いまだにあたしに心を開いてくれない。だけどね。今朝起きたらこのむすびの山に書き付けが添えてあったんだよ」

「拝見を致します……父上さま。いつもお心遣いをありがとうございます。カタチが悪いので恥ずかしいのでございますが、あたくしが心を込めて握りました。お店の皆さんで召し上がって下さい……旦那さまッ」

「お加代がこんなことしてくれるなんてねェ。あたしは嬉しくて朝から涙が止まらないんだよ。ありがたいじゃないか……でね。このおむすびなんだけれども」

「旦那さま。あたくし上総屋の番頭としてこのことは心からお慶び申し上げます。本当に、本当の本当に嬉しい気持ちでいっぱいなんでございますが、それとこれとは別でございまして……ですから、お嬢さまのおむすびはお気持ちだけで結構でございます」

「番頭さん。おまえうちに来て何年になる」

「九つの時からですからもう二十八年でございます」

「そうか。ということは三十七か……今から新しい働き口を探すのは大変だろうね」

「いただきますいただきます」

「いやァ無理に食べることはない」

「無理じゃないんでございます。あたくしいただきたいのでございます。ください。おむすびをください」

「何だか無理じいしたみたいだねェ」

「頂戴致します……これはまたお嬢さま、大ぶりに握りましたね……うう。ううう」

「どうだい。美味しいかい」

「嬉し過ぎて味が全くしないのでございます」

「なら、もっと食べなさい。ほら良くかんで」

「うう……旦那さま。お嬢さまのおむすびお分け下さいましてありがとうございます。一つでもう充分でございます。それではあたくし池田さまのところに行って」

「その歳で一から出直すのは大変だろうね」

「もう一ついただきます……ううう。目の前がボーッとしてきた……あれ。あれあれ。子供の頃、隣に住んでたミヨちゃんだ。懐かしいなァ……十年前に亡くなったおっかさん。何でこんな……走馬灯だよォこれェ。あたし死んじゃう死んじゃう。あ、あたくしィ池田さまのところに行ってまいりますのでェーッ」


「うう……ごめんくださいまし。あのォ池田さま。上総屋でございます」

「おォ番頭。さァ入れ……早速であるがな」

「わかりましてございます。大目付さまにお出しするというお菓子のことで」

「そのことならば後でも構わん……いや、おまえは運が良いぞ番頭ォ……このところワシはな、麺作りに凝っておってな。今ァ家中の者たちにワシの手打ちの麺を振る舞っておったところだ。おまえも食べていけ」

「ではまた日を改めまして」

「これこれ遠慮致すな。良いからそこに座れ」

「これが食難の相か……あの占い師ィ凄い腕だな」

「どうした番頭。うどんは嫌いか」

「いつもは好きなんでございますけど、今日は大嫌いでございまして」

「ほほう。そのようなことを言うか……良い度胸であるな……ワシの手打ちが食えんと申すなら、この刀でおまえを手討ちにしてやろう」

「どうかお許しを……ああ。幼い頃から一日じゅう腹を空かせていたこのあたしがまさか、満腹で命を縮めようとは……池田さま。あたしも男でございますよ。どうせ死ぬなら、前のめりで死んでみせましょう……池田さまお手打ちのうどんを、さあッ」

「よくぞ申したッ」

「うう……ずる、ずるずるずる……ずるずる、ずるずるずるずる、ずるずるずる、ずるずるずる……どうもありがとうございました。それではあたくしはこれで」

「待て待て待て……しっぽくも美味いぞ」

「ううう……ずるずる、ずるずるずる……うえ……ずるずるずるずるずる……ありがとうございました」

「待て待て……鶏卵もある」

「卵とじでございますか……ずるずるずる」

「食べたか……次は鍋焼きうどんだ。美味いか。そうかそうか。平打《ひら》ちうどんだ……ずいぶんといろんな物があって面白いだろ」

「うう……池田さま。あたくしうどんはこのへんで」

「そうか。それではやはり締めは蕎麦だな」

「締めは蕎麦……量が手頃だ。ありがたい……ず、ずずずずず……いただきました」

「ほいッ」

「何するんでございますかッ」

「蕎麦は蕎麦でも『わんこ蕎麦』だ」

「あァーッ」


「いたいたいた……先生ェ。先生ェーッ」

「おお。これはこれは食難の人ではないか……あれから一体どうした。満腹になったか」

「先ほどは大変申し訳ございません。全てあたくしの考え違いでございました。失礼の段はいくえにもお詫びを申し上げますのでどうか助けて下さいまし」

「そうか。わかればそれで良い」

「どうすればこの食難から逃れられるのですか」

「なに大したことではない。いただきますから始まったのだ。ごちそうさまって言えば良い」

おわりに

原稿を書き上げた後、擬古典界隈において特筆すべき出来事が三つあったのでここで触れておきたい。

一つ目。擬古典落語に特化した落語会「擬古典落語の夕べ」が開催され、盛況のうちに第一回を終えた。この会の成功で、擬古典の魅力が広まることを祈るばかりである。

二つ目。春風亭小朝師匠が菊池寛先生の小説を落語化する企画の本『菊池寛が落語になる日』を出版した。原作小説と落語台本が併せて掲載されている。これまた必読の書だ。

三つ目。この本が出た。

今までに私の根多を口演して下さった、十三人の落語家さんたち。私がこうしてあとがきを書いていられるのもこの人たちのおかげである。感謝の言葉はまずこの十三人の方々に捧げたい。

また、三遊亭円丈師匠の情熱がほとばしる名著『ろんだいえん』を世に送り出した彩流社の河野和憲さんに本書も手掛けていただいた。ありがたい限りだ。

次に、感謝の気持ちを伝えたいのは、東京かわら版の佐藤友美さんと編集部の皆さま。いつも落語会の宣伝や告知などでとてもお世話になっている上に、今回は本書刊行の道筋を作っていただいた。この御恩は生涯忘れない。

ありがとうは私の両親にも言いたい。どんな時も私を愛してくれたお父さんとお母さん。おかげでついに本が出せたよ。ずっと待たせてごめん。

妻にもここでお礼を言おう。ここまで来られたのは全てあなたのおかげ。いつもありがとう。

ああ。

ふと目を閉じると、私の頭の中に、感謝を伝えたい人たちの顔が、次から次へと浮かんできては止まらない。

お礼を言いたい人が多いのは良いことだ。

落語仲間たちや昔からの友人たち。これまで私の会にお越し下さったお客さまたち。この本を購入していただいた皆さまにも感謝、感謝。本当に感謝である。

まさか自分が、このような心境になれるとは思ってもみなかった。不思議なものだ。

世に出ているいろんな本のあとがきに、様々なお礼の言葉が並んでいるのを、ひねくれものの私は、これまで冷ややかな目で見ていたところがある。そんなかつての自分の態度。いま私は、そのことを大いに恥じている。

本を出すという段になって、おのれの不明さに初めて気付いた。大馬鹿者である。

多くの人たちの尽力のおかげで、本というものは世に出られるものだ。そのことが改めてわかると、たくさんの人たちに、ごくごく自然と、心の底から御礼を述べたくなるものなのだ。そのことがようやくわかった。

だからこそ、あとがきは誰かに対しての感謝の言葉であふれてしまうのである。

そう。落語作家では確かに食いづらいが。

幸せにはなれたようだ。

主要参考文献

〔速記・読む落語〕
『落語百選(全四巻)』麻生芳伸・編(筑摩書房)
『古典落語(全七巻)』飯島友治・編(筑摩書房)
『人情話集・江戸の夢』宇野信夫・著(青蛙房)
『茶漬えんま』小佐田定雄・著(コア企画出版)
『桂歌丸口伝 圓朝怪談噺』桂歌丸・著(竹書房)
『桂枝雀爆笑コレクション(全五巻)』桂枝雀・著(筑摩書房)
『米朝落語全集 増補改訂版(全八巻)』桂米朝・著(創元社)
『京極噺六儀集』京極夏彦・著(ぴあ)
『昭和戦前傑作落語選集(全二巻)』講談社文芸文庫・編(講談社)
『少年少女名作落語(全十二巻)』神津友好ほか・編(偕成社)
『今輔・おばあさん集』五代目古今亭今輔・著(東峰出版)
『えんぜる 夢丸新江戸噺』初代三笑亭夢丸・著(水曜社)
『鬼の涙』清水一朗・著(私家本)
『化かされ侍』清水一朗・著(三月書房)
『春風亭一之輔のおもしろ落語入門(全二巻)』春風亭一之輔・著(小学館)
『菊池寛が落語になる日』春風亭小朝・著(文藝春秋)
『田河水泡 新作落語集』田河水泡・著(講談社)
『話の後始末』立川志の輔・著(マドラ出版)
『一回こっくり』立川談四楼・著(新潮社)
『金語楼落語名作劇場(全三巻)』柳家金語楼・著(新風出版社)
『柳家小三治の落語(全九巻)』柳家小三治・著(小学館)

『てきすと（続刊中）』柳家小満ん・著（てきすとの会）
『放蕩かっぽれ節』山田洋次・著（筑摩書房）
『楽語・すばる寄席』夢枕獏・著（集英社）
『古典落語子ども寄席（全十二巻）』六代目柳亭燕路・編（こずえ）
『落語横車』和田誠・著（講談社）

［事典］
『落語大百科（全五巻）』川戸貞吉・著（冬青社）
『古典・新作落語事典』瀧口雅仁・著（丸善）
『東西寄席演芸家名鑑2』東京かわら版・著（東京かわら版）
『増補落語事典』東大落語会・編（青蛙房）

［芸談］
『まるく笑って落語ＤＥ枝雀』桂枝雀・著（ＰＨＰ）
『落語と私』桂米朝・著（ポプラ社）
『ろんだいえん』三遊亭円丈・著（彩流社）
『現在落語論』立川吉笑・著（毎日新聞出版）
『現代落語論』立川談志・著（三一書房）
『あなたも落語家になれる』立川談志・著（三一書房）
『五代目小さん芸語録』柳家小里ん・著（中央公論新社）

［落語論］
『枝雀らくごの舞台裏』小佐田定雄・著（筑摩書房）
『米朝らくごの舞台裏』小佐田定雄・著（筑摩書房）
『新作らくごの舞台裏』小佐田定雄・著（筑摩書房）

『これで落語がわかる』京須偕充・著(弘文出版)
『落語の入り口』東京かわら版＋編集部・編(フィルムアート社)
『愉しい落語』山本進・著(草思社)

[その他]
『芝浜謎噺』愛川晶・著(中央公論新社)
『喜劇の殿様 益田太郎冠者伝』高野正雄・著(角川書店)
『談志楽屋噺(文春文庫版)』立川談志・著(文藝春秋)
『市岡パラダイス』永瀧五郎・著(講談社)
『今昔物語』福永武彦・訳(筑摩書房)

【著者】

井上新五郎正隆

…いのうえ・しんごろうまさたか…

1975年新潟県三条市出身。1998年二松学舎大学文学部国文学科卒業。2002年から「ドージン落語(コミックマーケットに参加するような、いわゆるアキバ系と呼ばれる人たちの物語を一席の落語にしたもの)」を発表、13年かけて98席執筆。2016年から「落語作家」の看板を掲げ、擬古典ものの新作落語を中心に落語家たちにあてがきをして、2022年3月現在、総勢13人に26席が実際に口演された。

落語作家《らくごさっか》は食《く》えるんですか

二〇二二年七月二十日　初版第一刷

著者――井上新五郎正隆

発行者――河野和憲

発行所――株式会社 彩流社

〒101-0051

東京都千代田区神田神保町3-10大行ビル6階

電話：03-3234-5931

ファックス：03-3234-5932

E-mail：sairyusha@sairyusha.co.jp

印刷――明和印刷(株)

製本――(株)村上製本所

装丁――中山銀士＋金子暁仁

ISBN978-4-7791-2833-2 C0076

http://www.sairyusha.co.jp

フィギュール彩
〔既刊〕

⑫大人の落語評論
稲田和浩◉著
定価(本体1800円+税)

ええぃ、野暮で結構。言いたいことがあれば言えばいい。書きたいことがあれば書けばいい。文句があれば相手になるぜ。寄らば斬る。天下無双の批評家が真実のみを吐く。

⑱忠臣蔵はなぜ人気があるのか
稲田和浩◉著
定価(本体1800円+税)

日本人の心を掴んで離さない忠臣蔵。古き息吹を知る古老がいるうちに、そういう根多の口演があればいい。さらに現代から捉えた「義士伝」がもっと生まれることを切望する。

⑲談志　天才たる由縁
菅沼定憲◉著
定価(本体1700円+税)

天才の「遺伝子」は果たして継承されるのだろうか？　落語界のみならずエンタメの世界で空前絶後、八面六臂の大活躍をした立川談志の「本質」を友人・定憲がさらりとスケッチ。